最後的幸福

呆板的[illegible]的名義
無法解[illegible]的愛意

張資平——著

現代言情小說之父張資平筆下
個性鮮明的各色人物……
如此不同的他們遇見了美瑛，
究竟誰能贏得美人芳心？

生活優渥卻從事不良勾當的士雄；
背叛妻子與其姊私通的懦夫廣勛；
差點成婚卻在提親時遭拒的松卿；
無緣相伴但依然關心美瑛的阿根；

錯過許多緣分後所嫁非人的美瑛……
她將情歸何處，最後幸福了嗎？

目錄

一

妹妹的體格完全和姊姊的不同。團團的臉兒，矮肥的胴體，驟然地看來就趕不上姊姊標緻，並且肌色也趕不上美瑛的白皙。但是還是女學生裝束——一條粗粗的漆黑的單根辮子，灰衣黑裙，又另具一種風致，美瓊也還特有一種美——無論那一個只要把她們倆來比較一觀察，就可以發見的健康美。

美瑛的確比她的妹妹纖弱得多了。聽見了她的妹妹問她明晚上去看戲不，她不一會沒有回答，美瓊像沒有留神到她的姊姊的態度，她抱著書包直往後面房裡去了。她像沒聽見姊姊在微微地嘆息。

過了一會，美瓊又出來了。

「姊——我帶了兩張入場券回來了。送張給阿文妹吧。明天晚上天氣好時我們三個一路去好嗎？」美瓊說了後把頭歪了一歪。

「……」美瑛只微微地點了點頭。

「媽呢？」美瓊到後來發見了她的母親不在家，又看見姊姊的憂悒的沉默的態度；立即斂了她的笑容，臉上也表示出一種憂悒的表情。她看見母親不在家，一個有鬍子的，年約五十多歲的放高利債的黑影就在腦裡浮出來。

她想，哥哥完全為這件事氣不過自殺了的吧。

她們有一個哥哥，名叫銓五，是C將軍部下的一個營長。美瑛十九歲那年，銓五在M省境上陣亡了。銓五在小學校畢業那年，父親死了。父親逝後的家計不容許銓五升學到中學去。因為不能升學，他就想幹件投機的事業——想一攫萬金或做在當代有最高威權的大軍閥。恰好那年冬，省垣的陸軍小學校招考，他就和幾個朋友，不得母親的許可，逃到省垣去投考，一考考上了。

在陸軍小學三年間，每年年假銓五都得回來家裡看他的母親和妹妹們。這時候妹妹們眼中的哥哥——穿著軍裝回來的哥哥是在這寒村裡的唯一的人物，最英偉的人物。

妹妹們都希望哥哥能夠早日畢業上進，替她們的父親支撐將要頹倒的門戶。哥哥畢了業後，果然當了一個連長。同年在省境上捕匪立了戰功，又升了營長了。這時候哥哥的年數只二十歲。

美瑛得在女子中學畢業，美瓊能進女子中學，完全是靠哥哥的力量。母親本不願意花許多冤枉錢叫女兒們上學，但哥哥竭力主張她們要進學。

一

美瑛原想跟她的哥哥到省城去進高等師範的，可惜她在女子中學畢業那一年，哥哥的惡耗就由M省境上傳來了。惡耗傳來時，最悲痛的不是母親，不是嫂嫂，是兩個妹妹。就中哭得最悲痛的還是美瑛。

那年正月裡，銓五回來看母親，看妹妹們和他的童養媳——前年才成親的妻。

銓五回來家裡的第五天，他發見了母親身後的暗影時，第二天一早就走了，說回營盤裡去，永久不回來。

銓五回來三兩天就耳前耳後的聽村裡人說了不少的閒話。什麼「親生的兒子不上進時，就認個上進的乾兒子，也就不知賺多少方便了」，什麼「有了那樣威風的乾兒子回來，討債時候的聲音也響亮些」。最初他不十分留意，但到村街上去幾回都聽見這類的閒活，好像是專為自己而發的。他回家裡來只五天就著見江老二——放高利債的老頭子，也是父親生前的債主——來了兩次，並且每次來都很不客氣的跑進母親房裡去，許久不出來。銓五心裡雖不免從惡的方面猜疑，但馬上又覺得自己疑心太重了，他想，都這樣的老了，那裡會幹這種沒廉恥的事呢。自己對母親懷有這樣的猜疑才是不孝呢，太對不起母親了。

江老二走了後，母親出來看見兒子時又像有點不好意思，忙向兒子辯解般的說，她蓄了有一二十弔錢，托江老二放出去生點利息。

銓五對他的母親和江老二的態度還帶幾分猜疑。問自己的妻，妻又含糊地不說清楚。最後他捶他的妻了，罵她不該不爽爽直直地告訴他，妻哭了，他怕母親聽見，不敢再追問了。

到後來，他由種種的確實證據，證明了母親已經把泥巴塗到亡父的臉上去了。他想到父親在地下還要替母親戴綠頭巾時，就禁不住痛哭。在布衣店裡當夥伴當了半生的父親生前為妻子就勞苦萬分了。他覺得在這世上再沒有比父親更可憐的人了。

銓五自正月裡和母親拌了嘴後就回省城軍隊裡去了。自去後半年間不見回來。當軍人半年不回家，原是尋常事，不過銓五的軍隊開拔到M省境上去時在鄰村經過，他也不踏回村裡來看看家裡的人。

七月下旬——美瑛才由女子中學校畢業出來——銓五在M省境上陣亡了的訊息就由縣署裡轉到村中來了。

一

二

美瑛的哥哥死去的那年，她達到了處女的爛熟期，快要度她的十八週年了。生長在南國的女兒十個有九個早熟的，美瑛十四歲的那年冬，生理上就起了變化。從那時起，聽見母親或哥哥替她提婚事就會害羞起來。但同時又感著一種孤寂，暗地裡禱祝母親或哥哥替她物色夫婿能夠早日成功。當母親向她說那一個婆家好，那一個男人標緻並徵求她的同意時，她心裡雖有七八成的心思在希望成功，但又覺得太急的對母親表示了同意，有傷於自己的處女的尊嚴；所以她對母親所提的婚事總是反對，很勉強的加了點駁論，母親因碰了幾次的釘子，她捉摸不到她的心思了。但是母親若有一兩個月不為她提婚事，她又恨她的母親冷淡，不替女兒的婚事著急。她的哥哥在時也曾向她提過婚事，說要替她做媒。她對哥哥的態度和對母親的態度又不同了，她只說了「討厭」後就臉紅紅的低下頭去不做聲，因為她深信哥哥所提出的，將來做她的夫婿的定是哥哥的友人；哥哥的友人定像哥哥一樣的英偉。她也深信哥哥定能為她物色一個

二

合格的，在她眼中不會落選的夫婿。

母親和哥哥雖然有幾次為她提過婚事，但終沒有一次成功。大概是因為她還年輕，母親和哥哥都不十分替她著急吧，她自己也說——不知是不是真心的——還想求學，還談不到結婚的問題。

「媽，怎麼樣？她說還要到省城去念書呢。」她聽見哥哥對母親這樣說。

「你聽她說？！女孩兒到了年齡，那個不情願嫁，不好意思說出口罷了。還是早點替她定了婚的好，到年紀長了時就不容易了。」

她聽見母親這樣的回答哥哥時，恨極了，恨母親的話過於傷了她的尊嚴，她想母親太看不起自己了，太把自己當尋常的女子看待了。女人嫁不嫁有什麼要緊呢！

美瑛雖然這樣想，但同時又覺得母親的話也有點道理。自己心裡的確在希望著婚事能早日成功，定了婚時就遲一兩年成親也不要緊。她覺得自己的婚事一日不定，身心和靈魂都一日不得著落。到了十七歲那年，美瑛愈感著這種孤寂的痛苦。在春間，母親曾提過一門親事，但直至那年暑假還不見把這門親事議妥，暑假過了，就無形打消了。聽說這個男人是個北京大學生，會寫幾首白話詩在各報章發表的新進文豪。美瑛為他描了不少的空中樓閣。只有這一次她沒有向她的母親提出抗議。

自這門親事失敗後，由秋至冬不見有媒人到她家裡來了。本來她的鄉里有早婚的習慣，和她同學的，歲數在十八九歲前後的女兒們，十分之九早出了閣，鄰近的女兒們也陸陸續續的結了婚，有幾個未結婚的也早定了婚約。其中還有一二個女友今年竟做了母親了。美瑛望著女友們一個個的結了婚，覺得還沒有訂婚的自己完全是個落伍者；想到這一點，愈感著自己孤寂可憐。

在高等小學時，有一個獨身的女教員曾對學生們非難本地方的早婚的弊習。美瑛現在才知道那位女教員完全是為白己鳴不平，她才知道那位女教員並非願意獨身，不過經了幾次婚事的失敗，過了婚期就不能不抱獨身主義罷了。

自哥哥死後半年餘，不見有媒人到她家裡來向她提婚事了。哥哥未死之前，美瑛雖感著一種生理上的不安，但她還信賴哥哥，她想自己的終身大事要不到自己操心，遲早哥哥會替自己主持的，不過時間的問題罷了。但是現在哥哥死了，母親是專在金錢上著眼，女婿的人品如何完全不置眼中的。美瑛愈覺得自己的前途黑暗。

——早曉得這樣的情形，從前不該拒絕了那幾個求婚者的。美瑛暗暗地恨自己對婚事太過於唱高調了。生理上的不安一天一天的壓迫著自己，自己的確是在熱慕著男性；但總不願意給人家知道自己有這種欲求，還虛偽的掩飾著，在反抗母親替她提婚事。她想，自己有點作偽，由自己的作偽和唱高調終害了自己，把未來的幸福完全拒絕了。

二

十六歲那年冬有三個人向她求婚過來。第一個是由南洋回來的商人，聽說他有三五十萬的家財，母親當然十分願意。但美瑛拒絕得最激烈的就是這個人，因為她看見了這個南洋商人的醜陋的樣子，並且年紀大了。由他自己打了個折扣，說是三十五歲，他的實在的年齡當然不止此數了。第二個是縣立中學生，比她還小一歲，傢俬也還過得去。但美瑛第一嫌他年紀小了，小孩子般的；第二在這時候的她抱的希望很大，看不起什麼都不懂的中學生。可是她看見了這個中學生的臉兒，又覺得他有幾分可愛；有點後悔不該拒絕了他的求婚。第三個是個中學教員，年紀有二十八九歲了。二十八九歲配十六歲，歲數的懸隔太大了吧！但美瑛本可以不十分拒絕他的，因為他是個高等師範畢業生，也是個能獨立生活的人。不過有一個使她難堪的條件就是他要娶她作填房。這個中學教師的先妻沒有生養的就死了——聽說是患肺結核症死的。有潔癖的美瑛無論如何總不情願作人的填房。

三

不知不覺的自哥哥死後又過了一年餘。美瑛又快要迎第十八次週年的生辰了，過了這個冬，算二十歲了。聽見二十歲三個字，她就著慌起來。自己也不明白到底為什麼道理，自己的心情近來會這樣的緊張著。她覺得自拒絕那幾個求婚者以後，永久再無這樣的機會了般的。

——過了年有相當過得去的人家來問時，還是將就答應了的好，不要再自誤了。妹妹一年大一年，自己的婚事不先解決，不單誤了自己，也會誤了妹妹的婚期，自己的婚約未成，母親不敢先提妹妹的婚事。美瑛每想及自己一身的事，心裡就萬分的焦灼，近來常常失眠，夜間至十二時一時還睡不下去，她翻過來望見在那邊床上熟睡著的妹妹，心裡異常的羨慕。

——妹妹恐怕是沒有達到那個年齡吧。怎麼她對她的婚事像無感覺般的。可是她也和自己一樣的早熟早過了生理的變化期了。關於那方面的智識，她比自己還要詳細

三

呢。她比自己活潑，並且還有種情緒的溫柔，這是誰都承認的。但她還十五歲呢。過了年也不過十六歲，看去還是小孩子般的，還早吧，沒有人過問她的事吧。美瑛睜大眼睛，望著對面壁間掛的四條幅美人畫，反覆地拿妹妹和自己比較，愈比較心裡愈焦急，也愈睡不著。

——不要擔心，她在這二三年內絕不至於比我先出閣的，母親不是說過了麼，妹妹才進中學校，學費不很多，讓她再讀三兩年書吧。她就不讀到畢業也還得在中學讀二三年，在學校裡的期間內，母親不至於把她許給人家吧，美瑛再這樣的想著自己安慰自己。

——自己比妹妹哪個長得好呢？當然自己好些。這不是自誇，母親也這樣說，舅母們也這樣說，並且不是單對我說的，是在我和妹妹倆的面前說的。至少，我的肌色比妹妹白皙些，這是的確的事實。我的臉兒是美人格的臉兒，妹妹的臉兒是男子像；朋友同學們也是這樣說。美瑛始終不相信自己比妹妹長得壞。她想，就算有求婚的來，不問他論年紀，論面貌，論學歷，都當然先及自己吧。

——但是論性質脾氣呢？美瑛想到這一點有點擔心，眼看見自己周圍的人們——凡認識我們姊妹倆的都比較向妹妹親近多說話，都像有意和我疏遠。我雖然想和她們多多接近，但一看見她們的神氣——排斥我，鄙薄我的神氣，一團熱烈的向她們接近的勇氣也立即冷息了，準備著要向她們說的話也說不出來了。這不是我的神經過敏，她們的臉上明明表示出鄙薄我並且可憐我的樣子，她們中十之八九都有婿家的，裡面雖有幾個還沒有定婚，但都是很年輕的。她們鄙薄我，可憐我，完全是因為我沒有訂婚吧？因此美瑛對她的女友們也抱了反感，她的女友們也看出了她的態度，愈不和她接近。

「我們又要湊一份賀禮了。瑞兒訂了婚約。」結了婚的一個女友說。

「嚼舌頭！」

「是哪一家？」

「你還不知道？」

「Plus 方面怎麼樣的？」女學生裡頭用 Plus 和 Minus 兩個字代表男性和女性。

「闊得很呢！上海 ×× 大學的學士！」

「晴兒，你的呢？還守祕密麼？不要緊的，說出來吧。」

三

「討厭！」

「我代她宣布。××銀莊的……」

「你只管說，看我撕爛你的嘴。」

「我們多備一份賀禮吧。」

美瑛每次和她們相聚時只聽見這一類的話——異常刺耳的話。她當然參加不進去。她們就不和她疏遠，她自己也要疏遠她們了。

近來好像有人來問妹妹的年庚了。美瑛聽見了，心裡十二分的不愉快，並且沸騰著一種嫉妒。有一天下午她由外面回來，剛要進母親的房裡去時，聽見母親房裡有客，最初她當是江老二，忙退回來站在窗簾下竊聽。聽了一忽，才知道是個女客。

「他的傢俬總在三萬五萬以上吧。吃的穿的。我敢擔保，一生不要擔心。」美瑛聽見女客在這樣說。

「做女婿的還在念書？」母親的聲音。

「在上海念書。他的母親才對我說，我又忘了，在什麼大學念書，還得兩年就畢業。」美瑛在窗外聽到這裡，胸口不住地跳躍，蒼白的雙頰也泛出紅影來。她擔心母親說話不能隨機應變的把機會錯過了。她很想走進房裡去馬上答應那個媒婆。

「多少歲數了呢！」母親的聲音。

——人家不追問你的女兒的歲數就算了，你還許追問做女婿的歲數做什麼事！在大學裡讀書的還怕有三十四十歲的人麼？美瑛暗暗地恨她的母親多嘴。

「歲數還不多只二十二歲。」美瑛想，這是理想的了。

「那比我的大女兒大兩歲……」母親的聲音。

「男的總要比女的大幾歲才好，女人是不經老的。」媒婆的笑聲。

「你看我那大女兒怎麼樣？」母親的聲音。

「大小姊麼？我也見過很好的。不過……」美瑛聽到這裡。有些擔心了。她心裡想，「不過……」說了後，怎麼不爽直的說下去呢。

「我看，照年齡說，配我的大女兒恰恰相當；比我的小女兒，歲數有點懸隔了。」

美瑛心裡很感激母親，同時又大大的失望，她此刻才知道房裡的媒婆是為妹妹來的，她的胸口像澆了一盆冷水，全身不住的顫動。想回自己房裡去，但又捨不得走

三

開，想聽下去。這並不是好奇心使她繼續竊聽，明知其無望了。但心裡總在希望由母親的解說，或可以移轉自己的運命也說不定。

「但是，做女婿的本人和他父母都喜歡二小姊。他們還稱讚二小姊的面貌是福像呢。」

美瑛聽到這裡，覺著自己的雙眼發熱，鼻孔裡也是辣刺刺的。起了暈眩，她險些要栽倒到地下來了。她隱約聽見妹妹的聲音由室外吹進來，她忙走回自己的房裡去。

她回到自己房裡在床沿上坐了一會，由一種莫名其妙的悲楚的心情，忽然流下淚來了。

——這次向妹妹求婚的到底是哪一個呢？媒婆不是說，看見過妹妹麼？

四

到了晚上，她打算試探妹妹的心思。美瑛想，妹妹比自己活潑多了。她對男性所取的態度是很自然而且很大方的。她想，自己無論如何不能像妹妹一樣的天真爛漫。不知道為什麼緣故，自己和男性相對，就萬分侷促的。大概是自己太把對手的男性意識著了吧。

「誰想結婚？！媽媽的意思？誰聽她的話？莫說媽媽，就父親哥哥還在，也管不得我的婚事！婚姻自由！姊姊還不曉得？」美瓊說了後笑了。美瑛也跟著勉強的笑了，但無話可說。

「姊姊要聽媽媽的話時，我也不敢勸姊姊莫聽媽媽的話。不過母親想管我的事，我偏不要她管。」美瓊雖笑著說，但美瑛看她的樣子，對母親深致不滿意。

——妹妹莫非有了戀愛的經驗嗎。她如果沒有戀愛著那一個男性，怎麼說出這樣的話來呢？可憐美瑛上了二十歲了，還沒有嘗過戀愛的滋味，對異性只是像瞎子扶著杖子走路般的暗中推測，只是一種漠然的憧憬。她生來二十年，也沒有認真的認識過一個男性。她原是在寒村裡生長的女子，從小就少和青年們接近的機會。近兩三年來，在距自己村裡十多里路的縣城裡，異性間的交際稍稍解放了。但自己又早畢業回村裡來了，她想，妹妹比自己活潑，善於交際，在友人中能博得相當的稱譽；完全是就學時代的關係。自己可以說是時代的落伍者了。

——還是再回城裡念書去吧。進什麼學校呢？B教會的K牧師夫人不是勸我到她們教會裡去習醫學麼？我就習接生法吧，就不結婚，日後也不愁不能自活。西洋的女宣教師，女醫生不是很多守獨身生活，為社會服務的麼？我就跟她們去。我該早點把守獨身生活的招牌掛起，也可以減少朋友們對我的鄙薄或無謂的同情。我就去學神學當女宣教師去，或習接生法當接生婦去。

美瑛對自己的婚事覺得十九絕望了，深抱悲觀，不得已萌了一種自暴自棄的思想。

四

近來因生理上久熟了的關係而起的性的苦悶，和由性的苦悶而起的不自然的情慾遂行症，把美瑛從精神的和肉身的雙方苦迫得厲害。她近來雙頰愈形瘦削，臉色也愈見蒼白；歇斯底里症也愈見沉重了。

過了春，一個在教育界的落伍者蒙塾教師竟大膽的向她求婚了。當母親笑著把這件事情告訴她知道時，她快想把耳朵掩住不情願往下聽。

——太把人當傻了！你這老傢伙拿什麼資格來向我求婚。是的，他也是鄙薄我的一個，他以為我是過了婚期賣不出去了的。太看不起人了。美瑛很氣憤不過的，覺得自己是受了種侮辱但同時也自己覺得悲哀。為自身的前途悲哀。

——我怕沒有資格受智識階級的人——大學生們的求婚了吧。莫說大學生，連中學畢業生都不來過問了。她想到這一點，暗暗地痛哭起來。

到了二十一歲那年的四月中旬，美瑛決意到縣城裡B教會去習醫學了。在B教會裡習醫，不單不要繳學費，每月還可領五元的津貼。不過畢業後有三年的服務期限罷了。哥哥未死之前，美瑛就想進去的，經哥哥的反對和哥哥答應她不久送她到省城進學，所以沒有進教會的醫學校。現在她想，不進去學點職業，自己的將來的生計是很危險的；這是對母親請求同意時的第一個原因。其次她也想到城裡去混混，或有機會可以由自己物色個把自己中意的夫婿。她想，這次出城去時，不要再戰戰兢兢的，要大膽點進行才好。

四

美瑛搬出城裡去時，村中的山上，溪間春都來臨了。到處都是青青的了。梅樹上早滿裝著淺綠的嫩葉，矮松一株株的長了筆狀的松蕾。天高日暖深藍色的空中浮著幾片白雲。雲雀高高的在雲下翱翔著唱它們的小曲。在這樣的景色之下，美瑛更感著孤寂。她想，在性的爛熟期中的自己絕無戀愛的守在寒村中度冷寂的生活——像尼姑一樣的生活；自己完全是枉生人世，無生存的價值了。她對一切世事像無感覺般的，也不起何種興趣，自己所覺得到的唯有心的焦灼。

B教會醫院的院長是美國人，副院長是北京Y醫學校畢業的。院長，副院長之外還有兩個年輕的助手。此外沒有男性了。其他助手，看護的，學生都是女性。

年紀在三十以外的副院長蓄有一叢日本式的短鬚。美瑛初來，副院長對她很親切。美瑛也想盡力所能及的把在家裡時的不活潑無表情的性質改去，對人接物都時時刻刻留心著取頂和婉的態度。

產科那門學科是歸副院長擔任。始終微笑著在講壇上解釋生殖器官作用的泰然的態度，叫美瑛覺得他太豈有此理了。他有時望著美瑛，她便當副院長在意識著自己忙低下頭去，怕紅著的臉給同學看見了難為情。她初次聽產科的講義時很不好意思的，差不多不情願出席。但過了二三星期後她覺得頂有味的還是產科這門功課了。因為她由這門功課得了不少的安慰。到後來她是興奮著聽講了，有時還覺得先生的講解中太少刺激的分子了。

「受孕的準備作用，不可當它是種無目的的娛樂，分娩，也不能當它是種痛苦，我們要知道這是女性的一種義務，保種的義務，並要歸榮於天父的。」

美瑛聽見先生說出這一般的話來了，她想，先生太把我們當小孩子看了，心裡覺得有點好笑。她——全無性的經驗的她，始終感著一種刺激。但她的同級的大多數都是既婚的女性，並且其中還有幾個有了生育的經驗的，她們的聽講的態度和先生的講演的態度一樣的泰然的，像不感著一點興奮。美瑛望著她們，禁不住羨慕起來。

——她們定把日間學得來的知識帶回去一五一十的報告給她們的丈夫吧。美瑛深刻的想到這一點特別的興奮。

「魏女士，明白了沒有？」副院長的講義告了一段落後常走下來到她的坐席前這樣的問她。

四

——先生莫非對自己有什麼意思吧。美瑛這樣的想著也感到一種快感。但她一想到他是結了婚的人，這時候心裡反感到一種失望。

兩個助手，一個姓秦，一個姓文，都還沒有結婚。姓秦的年紀輕些，約有二十四五歲了，也比姓文的生得漂亮。但院裡的人們都說，秦助手雖沒有結婚，但早和某女醫士發生了祕密的關係，在教會裡算是品行不良的一個人。美瑛聽見了她們對秦助手的批評後就很注意那個某女醫士和秦助手的行動。那個女醫士姓李，怪老醜的。美瑛想這樣年輕標緻的秦助手怎麼勾上了那樣老醜的女人。她替秦助手可惜。

美瑛在醫院裡聽講了兩個月，已經到初夏的節期了。懊惱煩愁的春也早已過去了。她跟著醫生和助手臨床實習起來。也許不是偶然的，當她臨床實習時，秦助手總站在她的旁邊；這時候的美瑛是很難為情的。經久之後秦助手對她很親切的，也有不少的挑撥的表示。這時候她證實了秦助手和李女士的關係了。因為她自和秦助手認識了後，李女士對她的態度異常的難看。

五

美瑛暗地裡覺得秦助手總是可愛的一個男性。她也很明了的知道秦助手絕不是能長久和李女士相持的。對他和李女士的關係的缺點，她雖然很不滿意，但終不能打消在她胸裡日見濃厚的秦助手的面影，她對這個缺點，真的只有不滿意，但並不當它是可恥的行為。對男性的不品行能夠原諒到這麼樣子，對那個男性不是有了愛是什麼呢，她覺得秦助手能夠和李女士的關係完全的斷絕，自己就和他正式的結婚也未嘗不可。

美瑛近來不知自己到底是戀著那一個，副院長呢？秦助手呢？自己覺得副院長的面影在胸裡比秦助手的濃厚些。不過有一件事使她和副院長疏遠的就是他已經正式的結了婚，並且生了一個小孩子了。她覺得由李女士那邊把秦助手奪過來總比從副院長夫人那邊把副院長奪過來容易些。但對於這些事情，生來就很怯懦的美瑛只能把它付之想像，真的只有想像。秦助手也曾對美瑛示意過來，美瑛只戰戰兢兢地說，要他去

五

請求母親的同意。但到後來又後悔自己太沒有膽量了。

暑假到了，有三個星期的假期，美瑛回村裡來了。

回到家裡來，聽母親的口氣，像自從那個蒙塾先生來求婚以後直到今年暑假並沒有一家人來問她的年庚。只有一家人來問妹妹，母親因為姊姊的婚事還沒有定，就拒絕了他。美瑛到這樣時候對自己的婚事愈覺落膽了。在教會的醫院裡還可以上上課，實習實習，把寂寞的時間混過去。苦悶的時候就到副院長家裡去或找助手們談談，也可以得相當的安慰。現在回到家裡來，就像進了禁絕男性出入的冷落的尼庵般的。炎酷的天氣，單薄的衣裳，又是使她興奮的一個原因。

在一群村童中有一個牧童名叫阿根的，是她們姊妹幼小時一同遊戲，最要好的朋友。阿根今年也十八歲了。因為家裡窮，他只在小學畢業後就不升學了。他在家裡種田，牧牛，養魚之外就唱山歌，賭錢和獵色。

「瑛姊，好久不見你了，幾時回來的？」

美瑛回家裡來後的第三天早晨，太陽還沒有出來時就到屋後的草墩上來吸新鮮空氣。這時候恰恰碰見阿根肩上擔著一把鋤頭由草墩左側的田間陌路上來。

「我前天回來的。你這麼早到哪裡去呢？」美瑛對這個舊友的態度比較自然的，也不覺得雙頰會發熱了。

「瑛姊，你真好看啊！聽說你在縣城裡嫁了個有錢的大學生。恭喜你了。」阿根不客氣的笑嘻嘻地說。

「誰說的？你莫盡嚼舌頭！」美瑛這時候臉紅起來了。她看阿根只穿著一條短褲，上身打著赤膊，兩條富有筋肉美的下腿部也露出來了。尤其是赤銅色的富有筋肉的有男性美的兩臂在美瑛的眼中是異常美麗的。

阿根看見美瑛笑著和他說笑，更不客氣了。

「瑛姊，你怎麼穿這短的褂子？你看，你那紅褲腰都看得見。縣城裡的女學生們都是這樣的麼？」

「干你什麼事？！」美瑛笑罵他。但聽著這個像希臘古勇士般的男性這樣的問她，覺得自己身裡的血微微地在騰沸，由他這一問，她很奇怪的感著一種陶醉的快感。

太陽光線沿水平線射來了。阿根正向東南方站著。光線由他的赤銅色的皮膚反射到美瑛的白竹布褂子上來。他和她的距離只有兩尺多。遠處的禾田裡雖有幾個人，但

五

給幾陣早飯的炊煙遮住了，他們的附近還沒有發見一個行人。

追逐女性慣了的阿根很大膽的凝視著美瑛微笑。她禁不住臉紅紅的低下頭去。

「你還不快點看田去，不早了喲。」她無話可說了，覺得兩個人盡相對的站著怪難為情的，只有催他走開。

「還早呢。你看太陽才出來。就遲點也不要緊。橫豎他們還沒有來，我是頂早的了。」

「你吃過了早飯的？」

「天還沒有亮就吃飯。老頭子的算盤精明得厲害，他要我們做足十四個鐘頭的工。」

「你們真早！」她無意識的低聲的說。

「我們到那邊坐一會吧，瑛姑娘。」

「討厭的！」她再臉紅起來。但她免不住要翻過頭來望阿根所指示的地點了。原來就是這墩上的一座墳墓。他們在小孩子的時候常到這墳塘裡遊戲——組織家庭的玩戲。某男孩子扮公公，某女孩兒扮婆婆，某男孩兒扮少爺，某女孩兒扮小姐。墩上有好幾個土墳，每座土墳就把它當成一家屋，搬了許多砂石，採了許多花草來陳列。美瑛和阿根算是頂要好的，他們就分扮了新郎和新婦。

這是十一二年前的事了。現在追憶起來，禁不住發生無限的感慨。

——阿根小時就長得很好看，每次遊戲，他總是跟著我依靠到我的懷裡來。她想及阿根和自己小時的情景。

「姊姊，你大了後要嫁人去吧。」

「不，我不嫁人。嫁人做什麼事！」

「你可以等到我和你一樣大的時候嫁給我嗎？」

「我說了不嫁的，我也不嫁你。聽見他們說你是我的老公，那不好笑麼！」

她笑著撫摩依在她胸前的阿根的雙頰。她覺得她的掌心有點冷感，她忙低下頭來看時，阿根的雙頰上垂著淚珠兒了。

嗣後他們小孩子作家庭的玩戲時，她和阿根總是扮夫妻的。有時阿根來遲了，他看見瑛姊和別的男孩兒扮新郎新婦時，他就站在旁邊垂淚，那天他就不加進的回去了，要美瑛多次的勸慰才喜歡過來。

五

回想及小時的友誼，美瑛在這個打著赤膊赤腳的，赤銅色的臉上滿長著面疱的粗鄙的農夫身上，隱約的發見得出十年前的可愛的面影來。他的上下兩列的雪白的牙齒和十年前的沒有一點變更。最可愛的還是他的大大的眼睛，除了有點陷進眶裡外，也和十年前一樣的無變更，現在的有筋肉美的臂膀也著實的引起了她的愛慕。

「瑛姊，那邊是我們的……」阿根沒有把話說下去。

「討厭的！」她看了看阿根又紅著臉低下頭去。

小的時候，他倆扮新婚的夫婦時，曾借墓碑左隅的墳塘一部分做過洞房來。

「瑛姊，坐下，不要緊吧。我倆罕得相會啊。」

「今天不早了，明天再來吧。我要回去吃飯了。」美瑛說了後又後悔不該失口約他明早來。

「你明天一早定來嗎？」阿根很誠懇的問。

「那說不定喲。」美瑛笑著說。

「不管你來不來，我明早定在這裡等你的。」阿根一面說，一面拾起鋤頭，擔在肩上向她告別。

美瑛望著他走過墩後去了。她還站著悵望了一會才轉身向家裡來。美瓊已經走到後園門首來叫她了。

五

六

美瑛吃過了早飯，把她的思力運用到阿根身上去了。她回想到十六歲那年秋的事了。那年阿根只十五歲，但骨格很大，發育很快的他，表面看去就像十八九歲的了，和纖弱的美瑛相比較，誰都不承認她比他年紀大。她在那時候雖覺得也有幾分可愛，但對他的粗鄙的樣子和滿臉的面疱又覺得有點討厭。他沒有受相當的教育也是她鄙薄他的一個原因。

她十六歲那年秋的一天，平素沒有往來的阿根的叔母忽然到美瑛家裡來找她的母親——魏媽。阿根的叔母來時，美瑛和她的妹妹正在屋後院子裡做女紅。她聽見來客是阿根的叔母就很敏感的聯想到阿根來求婚的事，她的全身的血液即時湧到臉上來。她的身體也在微微的發抖。她怕這樣的狼狽的狀態給妹妹看見了不好看。佯說要解手回房裡來。美瓊卻天真爛漫的跑出廳前去看。美瑛回到自己房裡坐了一會，精神鎮靜了後再走出院子裡來。這時候妹妹也回來了。

六

「阿根的叔母來找母親做什麼事？」她裝出很平靜的態度問妹妹

「……」妹妹只望著她微笑。

「笑什麼喲！」美瑛有點發氣的。但妹妹還是笑著不說話。到後來美瓊看見姊姊著急的樣子才說。

「真不要臉，她也敢來替她的姪子做媒。」

「什麼事？」美瑛還故裝不懂的。

「阿根的叔母說要姊姊做他的媳婦呢。」美瓊說了後笑起來。

美瑛雖不十分願意嫁阿根，但對美瓊的態度——鄙薄阿根的態度也抱幾分反感。她沒有話可以答應妹妹的，只低下頭去做女紅。但她心裡著實的感激阿根，她想，真的愛自己的還是阿根——從小時就親暱自己，戀愛自己。

過了一會，母親也進院子裡來了。

「自己窮得沒有飯吃，還想討人家的女兒！像那個半桶水也能養活老婆嗎！」母親和妹妹一樣的鄙視阿根。

阿根自求婚失敗後每在田間路上碰著美瑛時就表示一種憤恨的表情翻過臉去不看她。她看著他這樣的不理她，免不得要痴痴的站著嘆息一會。她又看見他走遠了時還頻頻地翻過頭來看她，她禁不住悲楚起來。她覺得自己雖不很願意嫁阿根，但也不願意阿根對她有這樣的態度。她也莫名其妙的自己的心會這樣強烈的受著阿根的支配。

——阿根，拒絕你的不是我，是我的母親；這是叫我無可如何的事。你切莫怨恨我，阿根！美瑛心裡替自己辯護，但她又想，假定母親答應時，你也願意嫁他麼。美瑛想到這點，自己又疑惑起來。

美瑛由墩上次來後盡思念自己和阿根的過去。

——阿根不是約我明天一早去會他麼？還是不去的好，怕他有意外的舉動呢。但自己又有點捨不得不去看他，我實在有點喜歡他。至少，我並不討厭他。我整天的思念著他是證明我在戀著他，那麼決意嫁他不好麼？但聽村裡的人叫我阿根嫂時，又覺得不很情願。她覺得自己有點矛盾——喜歡阿根，但不願意嫁他。她想戀愛和結婚完全是兩件事，要分開說的。

這晚上美瑛整晚的沒有睡，她望不得快點天亮。黎明時分，她就離了寢床。她望

六

著妹妹還在呼呼的睡著。她自己到火廚裡去燒了點熱水來，洗了臉，漱了口，又忙忙的梳頭，梳好了頭，站在鏡前照了又照，總覺得對自己臉上搽的粉和額上的短髮有點不能滿意。

她在大鏡前痴站了一會，胸口忽然的撲撲地跳動起來。

——這樣早出去，不會叫母親和妹妹疑心麼？她想動足時又躊躇了一會。她再回到寢床上躺下來，來想等到陽光稍為亮些時，等母親起來了，再說出去散步吸新鮮空氣好了。是的，我每天早晨都出去的。今早上出去有什麼稀奇。她們不會說什麼話的。但她覺得今天早晨總是比平時不容易動足的。

胸口不住的在跳躍，周身也微微地在顫動。

朝東的玻璃窗扉上面的一部分晒在淡橙黃色的陽光中了。檐瓦上的雀兒也在啁啁嘖嘖的唱起它們的小曲來了。她聽見老媽子起來了，到火廚裡去了。

她戰戰兢兢的起來打開了後門走向園裡來。

「小姊到園裡去散步麼？」她開後門時聽見老媽子在問她。她當老媽子曉得了她的祕密，心房突突地跳躍，也感著雙頰發熱。

「是的，房裡熱得很，到外面去涼一涼就回來。」她故裝鎮靜的說，但她的背部和額部已經微微的發汗了。

園裡小徑兩旁的雜草滿裝著露珠，她的一雙褲腳已經溼了一部分。她走出後園門首來了，沿水平線射來的光線，直投射進她的眼球裡來，她看不清楚對面草墩上有沒有人。

——比昨天反遲了些了，他等不到我來，恐怕走了吧。算了，本來沒有什麼事的，回去吧，美瑛雖然這樣想，但她的雙腳還是向墩上那邊去。到草墩上來了，但不見阿根的影子。草上的露水滲透了她的鞋，她感著襪底的溼潤了，她心裡異常的不愉快。但好奇心仍叫她翻望他們倆小時的紀念地——那座藍色的墳墓。她發見墳前拜墊上的一把鋤頭反射著太陽光線在閃光。

——阿根還在墳塘裡面吧。站在這裡望不見他。他在墓碑前等著我吧。

他怕人看見所以躲在深深的墳塘裡。她一面這樣的想著一面走向那座墓前來了。

啊呀！她看見阿根睡在墳塘裡的那種態度那種行為。像著了電般的駭了一驚。向後的倒退了幾步，差不多喊出聲來了！她馬上臉紅耳熱的周身血管中的血都騰沸起來

六

了。阿根像沉醉著般的耽享著他的自瀆的快感，沒有留意到有人在偷看他。美瑛看見那樣的醜狀，心房快要掉脫下來般的，驚震得全身發抖。她不敢再看了想急急的跑回去。但又有點捨不得，她從沒有看見過男性的這種醜態——不，恐怕女性中也沒有人實際的看過男性自瀆的醜態吧——望著這樣的醜態，自己又感著一種神祕的快感。她退卻了幾步又停住足翻過來看了一會後才輕輕的走下墩來。

回到房裡來時，心房還不住地突突的跳躍，雙臉也還像喝多了酒般的紅熱，背部和額部更流了不少的汗。

——阿根沒有看見我吧。他定是等我等得急了才演這樣可恥的自瀆的行為吧，幸得我沒有早去呢，早去了時恐怕他真的許出意外的手段呢。她像從虎口逃了出來般的，後悔今天早上不該冒險出去的。

——他像有意演給我看的，他聽見我來了就演出這樣的醜態來蠱惑我。她想到這點又有點恨起阿根來了，像他沒有受過教育的村童當然有這種醜劣的行為。他完全是個惡少年，我怎麼能夠愛他呢？我錯了，不該應他的要求來會他的。美瑛又像受了阿根的莫大的侮辱般的在痛悔自己太孟浪了。

第二天早上起來，美瑛像給一種不可思議的力支配著，想到草墩上去，她知道是有一種危機迫近她身上來了。但她還想看看男性的自瀆的行為，倒可以感受點神祕的快感。

——他今早還是要來的。橫豎沒有人知道我就去看看他是不是故意的。或者他的這種自瀆的行為是病的象徵。他每天早上都到這墓上來貪圖自瀆的一種快感吧，昨天我在那邊，所以他走了。把他的祕密識破了時，他定給我下不去的，他要用最後手段對待我也說不定。她很想到草墩上去，但又有點害怕。

結局她還是去了。阿根的自瀆的行為對她的確有種誘惑性，一連三天，美瑛都祕密的走到那座墓旁的樹後偷看阿根演自瀆的行為。到後來她發見了阿根的自瀆的行為是有意對她的一種戲弄。

第四天的早上，她在看得出神的時候，阿根忽然的跳起來獰笑著向墓旁的那株樹。最初美瑛以為他還沒有看見她。但只一會，他以完全在情慾中燃燒著的像獸一樣的可恥的姿勢奔向樹旁來。

美瑛駭了一跳，忙拔腳向前面跑。遲一刻時，她就給他抓著了。她忙向後園門首奔，他在後面追來。

「瑛姊回來吧！你看了四天了，我都曉得，你還怕我麼？」阿根在後面這樣的叫她。但她只顧跑，這時候她的確怕他了。

「瑛姊，我今天不得空。明後天到你家裡去看你好嗎？」

美瑛還是不理他。她完全當阿根是瘋了的，當他是個色情狂——為她發的色情狂。

她回到自己房裡來了，幸得妹妹出去了。她把驚魂鎮靜了後才出來廳前吃早飯。她很擔心阿根真的跑到家裡來對母親和妹妹說瘋話。她又擔心他告訴村童們我一連四天都在草墩上偷看他。

過了一星期不見阿根到家裡來。也沒有聽見村裡的人評論她和他的話；美瑛才安心了。

六

七

秋近了，美瑛打算再回B教會的醫院去。自從在屋後的草墩上受了阿根的窘辱後，美瑛很少到外面去了。近幾天來因為要回城裡去，不能不到幾個友人家裡去告別，並到村街上去買點物品。她兩次在途中碰見了阿根。她一望見他就臉紅紅的低下頭去。但識破了美瑛的心的空虛的阿根像捉住了美瑛的弱點，像前次一樣的對她嬉皮笑臉的說：

「瑛姊，怎麼許久不見你到墩上來了。我等了你好幾天，總不見你來。」

他說了後，臉也不紅的向她狂笑。

——不要臉的東西！她只低著頭不理他的走過去了。她不敢——也怕和他交談一句，她雖然有點恨阿根但並不討厭他，她替阿根可惜。她覺得也不該有這樣醜劣的行為。

經秋季的體格檢查，美瑛知道自己的眼睛患了初期的砂眼症並且肺尖也很弱。副

七

院長很親切的替她診察，診察眼睛時還沒有什麼，聽診胸部時，她覺得副院長對自己的態度就有點不尋常。

最初袒著胸和副院長對坐著時，她感著一種羞恥和侷促。她把給裙遮著的雙膝緊緊地擠湊著，閉著眼睛不敢望副院長，她只挺著富有脂肪的胸部讓他聽診和按摩。副院長像嫌兩人間的距離隔得太遠了些，把椅子移湊近了，他的雙腿就乘勢把她的雙膝夾著了。她覺得副院長是有意的在腿上用力把她的雙膝夾住，她側著臉不敢正向著他，她的右頰感著副院長的溫暖的呼吸。他按摩到乳房的附近時，她的全身的血一時騰沸起來，同時背部也感著一種惡寒。她這時候只好把身體向後閃退，但副院長很不客氣的伸手過來攀她的肩膀，好像在說隔遠了聽診不明白。她沒有法子，只得讓他攀動，湊近他的胸前來。在這瞬間，副院長像有惡意的把她的雙膝愈夾得緊緊的。給他這一挾，她的全部的骨骼像都鬆解了。副院長也像有意由這種對她的挑撥的行為貪求點快感。副院長把聽診器從兩個耳朵裡取下來後還凝視著美瑛，她的雙頰更紅得厲害，忙低下頭去。

「可以了麼，先生？」她拈著衣扣問他。

「……」副院長點了點首。

她忙著把她的衣扣扣緊。副院長也站了起來，在她的肩背上拍了一下，再捉住她的臂膀捏了捏，說：

「你的體格很好，不要緊，不像會患肺病的體格。」副院長說了後再伸手過來摸她的胸部，「你的胸部也很寬，不至於患那種病的，以後起居飲食留心些就好了。要留心莫傷了寒。」他的手由胸口滑至澎漲著的，滿貯著暖血的乳房邊來了，美瑛在這瞬間全身像受著一種重壓也覺著一種使她顫慄的恐怖，同時又感著一種陶醉的快感。

——討厭的先生！美瑛最初的確覺得這個副院長討厭。但經了第二次第三次的討厭的先生的蠱惑後，漸漸感著有誘惑性的官能的美感了。她近來覺得給副院長的診察是唯一的祕密的歡樂。

秦助手在這時候還不住地向美瑛求愛。因為有副院長的羈絆，並且對進行戀愛平素就異常膽怯的美瑛幾次都把秦助手的要求拒絕了。在美瑛眼中的秦助手對李女士的關係明認得出來的一天一天的疏遠，李女士對秦助手的監視也一天一天的嚴密。

和美瑛同級的有個姓林的女兒，比美瑛小一歲，名叫瑞雲。秦助手向美瑛方面的

七

進行失敗了後，就轉向林瑞雲方面進行。林瑞雲本來是和人家訂了婚約的女子，因為是父母的主婚，訂給一個有錢的屠夫的兒子，這是她頂不情願的。因此她想自由戀愛的揀一個夫婿，好抵制那個屠夫的兒子。沒有多久，秦助手和林瑞雲就互陷於戀愛中了。最留心他倆的戀愛的只是李女士和美瑛。美瑛望著他倆的濃厚的戀愛的情形免不了要感著一種寂寞，同時也發生一種嫉妒，也有點後悔不該把秦助手放過去了的。由美瑛看來，秦助手和林瑞雲的戀愛完全是由對自己的反抗心而發生的。他因為向美瑛進行戀愛失敗了，便故意的以加倍的愛情接待林瑞雲，借此向美瑛復仇。美瑛最初以嘲笑的態度眺望他倆。到了後來又羨慕他倆，嫉妒他倆起來了。

秋盡冬來，到了十月初旬，醫院裡起了一種變動。雖有教會信條的限制，外國人的院長的監督，李女士的警戒；但秦助手和林瑞雲的戀愛還是像輕舟逐急流般的盡她流向她所能流到的地方去了。

到了年假秦助手和林瑞雲間的關係在縣城社會上當做一件醜聞（scandal）傳揚出來了。社會還故意的誇張著把他倆的關係宣傳得無奇不有，但他倆像預先知道有今日的事般的，一點不驚恐。他倆不久就由教會放逐出來。

秦助手和林瑞雲的戀愛事件在美瑛心上給了一個深刻的影響。她雖然覺得他倆的淫亂的行為很可恥，但對不受何人的束縛或制時，一任熱烈的情熱的奔馳，自由的大膽的實行戀愛這一點，她也禁不住要羨慕和佩服。她想，林瑞雲到底比自己幸福。她到這時候只能暗恨自己的怯弱。

副院長是個教會裡的寄生蟲，他看見秦助手的被逐怕要蹈秦助手的覆轍，對美瑛的態度近來消極起來了。美瑛也覺得對既婚的副院長再沒有什麼希望了。作妾，不消說自己不情願並且教會中人也不許娶妾的。

年假到了，美瑛又由城裡搬回家裡來，在城裡住了一年，一無所得，帶回來的還是一顆寂寞空虛的心。據母親說，因為到城裡去了一年中不見有個人來問她的年庚，她想自己是完全失敗了。

她覺得在城裡習醫習了一年，沒有一點意思。她決意明年不再到城裡去了。在這寒村裡能夠使她思念的男性還是阿根一個人，誠心愛慕她的也只他一個人。聽說他在十月裡到南洋尋生計去了，她免不得有點傷感。

美瑛又迎第二十二次的新春了。

七

八

美瑛二十二歲那年又過去一半了。在這半年來問妹子美瓊的年庚的人倒不少，只有她像過了時期般的再無人過問。

美瑛在村裡漸得了老處女的徽號了。村裡談及女兒的婚事時就把美瑛提出來警戒有女兒的父母。

「還是將就些吧。揀婿揀苛了時，過了年齡要害女兒的。你不看見魏家的老處女麼？真的是個老處女了，前禮拜我來看過她來，嘴角邊都有微微的皺紋了。」

「這一點不滿，那一點又不滿，那一點找得出圓滿十足的女婿來，人材要好，傢俬也要好，父母要雙全，兄弟又要少；找不出來的！你看魏媽不是把大女兒害了麼？現在人都叫她做老處女呢。」

老處女的名字漸漸的吹進美瑛的耳朵裡來了，她聽見了時氣憤不過，終於氣哭了。

八

暑中的收穫完了後，又快到立秋了。立秋的前兩天，東山姓徐的農家打發了一位媒婆到美瑛家裡來，美瑛聽見這次的媒人是為自己來的，不是來問妹妹的年庚的；心裡先喜歡了一大半，她想婚事要由自己決定才好，不要再讓父母作主了。至少自己該出到廳前去和母親媒婆見三兩面的，自己總要參加點意見才對。美瑛雖這樣想，但終沒有勇氣去見媒婆。等到母親送客去後進來說，她已經拒絕了媒婆的提婚了。美瑛像著了電般的吃了一驚，她暗恨母親不該不和自己商量，專斷的把難得上門的媒婆趕跑了。錯過了這個機會時，恐怕又要再熬半年或一年了。

據母親說，剛才來的媒婆提的婿家是個農民，歲數有三十五六了，同棲了十六七年的老婆在去年冬死去了，現在想續弦，聽見美瑛還沒有訂給人，所以託了媒人來問。母親的意思本來可以不拒絕他的，因為第一徐家的家計很好，嫁過去時一輩子的穿吃可以不要擔憂，女兒年數大了，做繼室也是無可如何的事，但媒婆最後提出來的條件，母親覺得美瑛聽見了時一定通不過的；就是徐家的先妻有個十四歲的男孩兒和八歲的女孩兒。

美瑛聽見母親說了後，氣憤稍為平復了些。

「有了這麼兩個半尷尬的小孩子多討厭！做填房還不要緊，做繼母就難了。相處得不好時，人家要說七道八的。」

母親再替辭退了媒婆的自己辯解。美瑛只低著頭不說話。美瓊看見姊姊的可憐的姿態很替她抱不平。

母親出去了後，姊妹兩個沉默了一會。

「姊姊，怕什麼？我想女人要嫁時還是嫁農民幸福些，一生相守著。先妻生的小孩子又有這樣大了，不比三歲五歲的小孩子，只當他們兄弟看待就好了，沒有什麼不容易相處。」美瓊總覺失了婚期，又在性的煩悶期中的姊姊還是早點兒嫁出去的好。一年多不見人來問年庚，再把說一家放過了去後恐怕再沒有人來問了。作算再等一年半年有人來問，也恐怕沒有更好的人家了吧。

「我也這樣想，不過……」美瑛聽見妹妹的話，沉默了一會後顫聲的說。

「姊姊不嫌徐家，徐家當然很願意的。就打發一個人去叫那個媒婆回來不好麼？」

「姻緣是有定數的，勉強不來。已經拒絕了她了，再叫回來，有點難為情。」

「那不見得。是他那邊來求婚的。又不比做買賣。叫她回來，還怕她叫我們讓價麼？」美瓊笑著說。

美瑛心裡有點不以妹妹說的話為然了，因為她把姊姊的婚事看得太潦草了。妹妹美瓊的態度近半年來有點和從前不同了，在姊姊眼中看得出來的不同了。從前不愛修飾的她近來和姊姊一樣的——不，比姊姊更喜歡化妝了。

雖然是粗裙布衫，但對裁縫的式樣和色澤花樣也很注意的選擇，在報紙上或雜誌上登的化妝品的廣告，和美容術的記載，也特別留心的讀。從前每星期六很早回家裡來的，現在非到傍晚或入夜時分不回來了。有時竟以學校有事或功課繁忙為口實，星期六那天也不回家裡來了。

——近兩年來——自一班新教育家提倡婦女解放以來，女子的起居行動比從前自由得多了。像妹妹比我就自由得多了。怪不得近年的女學生們中發生出許多令人羨慕的事來。妹妹也怕是跟著她們在暗中飛躍吧。美瑛對妹妹的最近的行動很羨慕也很嫉妒，同時又暗恨自己太怯懦了，太不中用了。妹妹的行動給了她不少的刺激，母親的曖昧的行為也使她感著相當的興奮。她覺得煩悶的，孤冷的只是自己一個人。

八

看看寒假又來臨了，美瓊由學校搬了回來。兩個月前還是天真爛漫的熱心從事校課的妹妹今年寒假回來，態度有點不尋常了。美瑛想，妹妹也到了性的煩悶期了。看她每天不論早晚，總有一二次一個人痴坐著凝思什麼事情般的。美瑛想，妹妹希望自己草草的快點結婚，不是偶然的忠告了。

過了幾天有個媒人來問美瓊的年庚了。美瑛聽母親說，男的是上海××大學生，明年就可以畢業。名字好像叫做黃廣勛。美瑛聽見黃廣勛的名字，像是個熟識的人。她再深深的回憶了一會才知道黃廣勛就是她十六歲那年向她求婚的比她小一歲的中學生。

「媽媽答應了沒有？」美瑛的鼻孔裡辣刺刺的難過，但她竭力的忍著問她的母親。

「要等你的妹子回來，問問她的意思怎麼樣。」

「約了她再來麼？」

「她說明天再轉來。」

美瑛不便往下問了。她知道母親的苦心了。母親明明知道黃廣勛是六年前向大女兒求過婚的，不過不便說出來，怕大女兒傷心。

黃廣勛向美瑛求婚的時候，美瓊只十二歲，當然一點不知道。美瑛想，這怪不得

八

妹妹，妹妹的運命是比自己好些。姻緣是有定數的，運命的幸不幸也是有定數的。

美瑛雖把運命的話來安慰自己，但她的精神還在固執著不容納這樣的無聊的安慰。她在中學時代，有一次的學年考試，代數教員出了一題應用問題，她最初把它解答出來了，演算也一點不錯。打算交捲了，她重新把那題的答案清查一回，查看完了後就望望教室壁上的掛鐘。該死的就是這個掛鐘，告訴她距限定的時間還有一點多鐘的餘裕。她覺得這個答案總有點不滿意，再提起鋼筆來把它修改，愈改愈得不出結果來，時間到了，她就繳了卷。出場之後才知道最初的演算，一點不曾錯，後悔不該把它改錯了。她愈後悔愈心痛，因為這件事有兩天沒有吃飯。她形式上雖然對朋友們說，算了算了，能及格就好了；但精神上還是受了一個重傷般的，許久都不能平復。

美瑛想，現在對黃廣勛的心理完全和把答案改錯了那時候一樣的痛苦了——不，有千百倍於那時候的痛苦。

九

過了新年又到了元宵節了。美瑛開始了她的二十三歲的年頭，美瓊也十九歲了。但妹妹美瓊再不客氣的等她的姊姊了，她把處女時代告了一個段落，別了她的母親和姊姊嫁到黃家去了。

元宵節的傍晚時分，她和母親在門前送妹妹的花轎走了後，她一個人急急地回到自己房裡來伏在被窩裡痛哭。她想，妹妹雖然想嫁，但不該嫁黃廣勛的。母親已經告訴了她，黃廣勛是從前向姊姊求過婚的人。論理，妹妹該忌避些才對。但妹妹急於要嫁了，終給姊姊一個滑稽的諷刺——使失敗者萬分難受的諷刺。

——妹妹近這幾天來多歡樂的樣子。她嫁了一個富有活氣，前途有望的美少年，她的身心一生都有所寄託了！只剩得……美瑛愈想心裡愈難過。自妹妹嫁了後一星期間都是流著淚到天亮。

美瑛想，妹妹嫁黃廣勛像有意對自己的一種惡作劇，此仇非復不可！盡顧著人類

九

的虛偽的義理，盡守著舊社會的腐敗的規約，結果只有犧牲自己！

美瑛由黃廣勛聯想到那個中學教員了。

——聽說他現在升任至省垣C大學做預科主任了。不該拒絕了他的。不是鑽營得力那能夠以師範專門畢業的資格做大學教授呢。沒有大學預科的學歷可以做大學預科的主任，並且升任得這樣快，在中國只他一個人了。由此可以斷定他的手腕很高。美瑛後悔不該拒絕這個手腕家了。

——早知道過了年期不容易嫁出去，就嫁了徐家那個農夫作填房也算了。早聽了妹妹的忠告就好了的。最初以為自己的婚事未定之前，母親絕不提妹妹的婚事的，妹妹也定讓我先出閣的，殊不料母親不再為我把妹妹的婚事遲延，妹妹也再不客氣的等待我了。

美瑛再看一看自己的周圍，所識的同輩朋友們都結了婚。她們都找著了安身立命的地方了。前幾年在自己眼中完全是個小孩子的，現在也結了婚了——只十六歲就結了婚的還有好幾個。相形之下，胸裡像受刺般的痛苦。自己已經廿三歲了，還沒有婿家，對不認識的人都感著愧赧，對村裡認識的婦女們，美瑛差不多不敢和她們見面了。她想，今後絕不聽她們談別人家結婚的事了，但村裡每次有人結婚的消息偏會吹進自己的耳朵裡來。美瑛想，自己真的變成個老處女了。做了村裡婦女們的嘲笑的對象，以後怕嫁給人作後妻都沒有人要了吧。

——聽說思慮多的女人顏色就容易衰老。自己就有這樣的病徵。美瑛愈想愈不敢見人了。

「她恐怕不嫁人了吧。哪裡有到二十三四歲還不許給人的女兒。」美瑛像聽見有人這樣的說她。

「怕沒有人要了吧。正式的初婚不會娶這樣的老處女吧。」美瑛又像聽見有人在這樣的嘲笑她。

美瑛現在愈感到有結婚的必要了。不是由於對結婚的憧憬，不是由於對異性的好奇心，不是由於一種空泛的戀愛；她為要立身做人起見，覺得非結婚不可了。在她面前只有兩條路了，不快點嫁也就立即入庵做尼姑去。

有時候她遇見既婚的朋友，朋友就對她說：

「我覺得獨身時代不知多少快樂，要耍就耍要睡就睡，不受誰的束縛。真的，結

九

婚沒有一點意思。我真羨慕你，又自由，又舒服。結了婚時這身體就不是自己的身體了。女人雖然不能不結婚，但我覺得遲一天快活一天。」

美瑛想這個朋友說的話雖有點道理，但總覺得是對自己的諷刺，她想這個朋友有了丈夫，有了性的滿足才說得出這樣奢侈的不負責任的話來。作算這個朋友的結婚不是幸福的結婚，但比不能結婚的自己也就幸福得多了。

有時候村裡的認識魏媽的老媽子跑到美瑛家裡來時，就很不客氣的對美瑛的母親說：

「年數大了，不要選擇得太苛了。盡叫她等，等到什麼時候？太可憐了！隨便些嫁出去吧。」

美瑛想，這老媽子雖然太不客氣了，但她總算是說本心的話，替自己表同情。美瑛又想，自己何嘗不想隨便嫁出去，不過現在想隨便嫁出去的人家都沒有了。

「姻緣是有定數的，作算兩家都情願，沒有夫婦的緣時也難成事的。」母親只能這樣的辯解。她知道自己的不名譽的風聲也是阻害美瑛婚事的一個大原因。

由陰曆正月初旬至二月中旬是結婚的好時節。不論早晚，屋前屋後都聽得見迎婚的鼓樂。這種鼓樂在她心裡催起了不少的興奮。附近的鄰人們聽見迎婚的鼓樂都跑出路口來看，但美瑛不能像十六七歲時一樣的好事跟著她們說笑了。

過了二月半，黃廣勛再出上海去念書，說要帶美瓊同去，第一當赴上海是蜜月旅行，第二是他還想叫美瓊到上海去再求學。動身的前兩天美瓊夫妻同到母親家裡來。初次上門的新婿，村裡的婦女們都擁了來看，魏媽的廳前都擠滿了人。有的說，新郎比新婦還長得漂亮些。有的說，新婦的肌膚趕不上新郎的白嫩。有的說，他倆是天作成的一對配偶。美瑛在屏後聽見這些話時差不多氣得要流眼淚了。

不客氣，不顧忌的黃廣勛對岳母說要拜見大姨。美瑛聽見了時只當他的請見是種譏諷性的復仇，抵死不肯出來。她只一個人坐在後面的房子裡又悔又恨的垂淚。

她不久又聽見那個中學教員在C大學當預科主任不滿三個月就向賣官鬻爵的政府用了些錢，竟外放出來做鄰縣的縣知事了。美瑛想，早答應了他的求婚時，現在自己是個知縣太太了，她到這時候不能不深悔當日自己的輕率。

九

十

暮春的天氣，空中密布著暗雲，像快要下雨了。美瑛近來在家裡代一家商店編絨帽子和絨襪子，得點工資添製自己的衣履。今天把編製好了的兩打小孩子的彩色絨帽和十雙絨襪送到那家商店去，回來時已經下午五點鐘時分了。

一踏進門覺得房裡特別的黑。她不知道是天黑了呢還是快要下雨的黑暗。廳前還沒有開亮，她想叫聲母親時就聽見母親房裡有客。她忙放輕腳步走近前去聽了聽，裡面談話的聲音太低了，聽不出來客是哪一個。美瑛在窗口站了一會，想進去又不敢進去，她怕來客是江老二，進去時太使母親難為情了。

「誰？」母親在裡頭像知道美瑛回來了。「是不是瑛兒？」

「是我，才回來。」美瑛很不好意思的紅著臉答應母親。

「快進來，進來見你的表兄。他等你等了好半天了，」母親今天說話帶點歡樂的調子。美瑛前幾天就聽過母親說，大姨媽的兒子凌士雄由緬甸回來了。

十

美瑛才踏進房門就聽見男音的咳嗽。她聽見他咳嗽，就聯想到瘦削身軀所有者的表兄來。從小在外祖母家裡常常見面的。從十三四歲以後她很少到外祖母家裡去了，也就少和這個表兄見面了。

——表兄至少有三十七八歲了吧。小的時候在外祖母家裡的樓上，他還抱過自己一路玩呢，那時候就聽見表兄快要結婚了。結婚的時候母親帶妹妹去吃過喜酒。自己很想去，但母親不允多帶小孩子去，所以沒有去。但後來表兄帶了他的新婦到自己家裡來。那時候在自己眼睛裡的表嫂完全是個醜婦，肌色很赤，南瓜般的臉兒。上面的兩個門牙黃黃的向外露，不說話的時候就緊貼在下唇上，總說是離縣城很遠的深山裡的人家女兒。美瑛當時想，這就難怪了，並且表兄的樣子比他的新婦也好得有限，半斤和七兩半吧。美瑛最初聽見來客是表兄，並且表兄在等著自己回來見見面，心裡覺得有點希望之光在前途等著自己。但到後來想到表兄的樣子來了，又感著輕微的失望。再聯想到前年染了時疫死去了的表嫂的怪醜的樣子，心裡更不愉快。

房裡還沒有開亮，在薄暗中美瑛看不清楚表兄的面貌，只看見他的瘦長的身軀的輪廓。

「瑛妹！」表兄在笑著叫她。

「士雄哥麼？對不起，失接了。我有點事到城裡去來。」

「一個人去麼？」美瑛的視力在薄暗中恢復了，她看見表兄的驚疑的顏色。神經銳敏的美瑛由表兄的驚疑的顏色，又聯想到表兄對女性的淺狹的多疑的性質來了。她想，表嫂還在的時候，表兄對她都懷猜疑，不准她一個人歸寧，定要叫個老媽子送她去，帶她回。假定他再娶個標緻的填房時不知要如何的嚴重的監視呢。

但表兄的驚疑的顏色立即平復了。

「天氣該暖和了的，忽然又冷起來，怕要下雨了吧。」母親像對美瑛說，但她的臉並沒有向著她的女兒。

「外面真冷。我出去的時候穿少了衣服，在路上冷不過，」美瑛回答她的母親。

「我想等表妹回來見見面，就等到這樣時候了，怕響了六點鐘吧。」士雄不轉睛的凝視著美瑛說。美瑛很不好意思的忙低了首。

「就在我家裡歇一晚呢。莫說不能回你家裡去，就到城裡去也遲了吧，怕關了城門呢。」母親說了後站了起來出去了。

十

美瑛想：母親到外面去叫媽子準備晚飯，但又覺得她是有意叫自己陪著表兄談談。

「你陪表兄坐坐，我去拿燈火來。」

表兄的樣子很歡樂的，他沒有答應在家裡留宿也不說不留宿；他只不轉瞬的望著美瑛的臉，望得美瑛很難為情。

「瑛妹，你的樣子完全和小時不同了。就前三年我回來看你時也沒有這樣的標緻。你小的時候，體格笨些，現在高長起來，好看得多了。」表兄很不客氣的在感嘆般的讚美美瑛。但在這種讚美中像含有一種飢於色情的男性碰著舊識的年齡豐盛了的女性時的喜悅。

美瑛臉紅了。但對表兄的讚美是很滿意的，不過同時感著達了年齡還沒有嫁出去的羞恥。

「今年不出去吧，不再出緬甸去吧。」過了一會美瑛才抬起頭來問表兄。

「我想不再出去了。外面的生意近年來，年見年不好。橡膠落了價，工人的薪水又漲了價，實在盤繳不來，我想那種生意不做也算了。」

美瑛前兩年就聽見表兄在緬甸經營橡樹園發了財，已經有一二十萬的家財了。歐戰後橡膠的價錢陡然的跌落下來，表兄蝕虧了四五萬元，就不想再投資了。美瑛一面想一面偷望表兄雙手上的金指環——右手有三個，左手有兩個，左手上的一個像是鑲有金剛石的在微暗中微微地閃光。

「你的橡樹園也賣了麼？」

「沒有賣，但也和賣了一樣，訂給一個代理人包辦了。本來想叫阿和出去的。但又怕他太年輕了，監督不來。並且學那邊的土話就要年把兩年的工夫，不容易。」

美瑛聽見表兄說及阿和的名字，又想到表兄的兒子阿和來了。她想阿和今年有十六七歲了吧。

「阿和今年幾歲了？」美瑛問表兄。

「十六歲了吧？我也記不清楚他有多大年紀了。」表兄笑著說了後從衣袋裡取出條紙菸來吸。

美瑛想起阿和兒的樣子來了。皮膚很黑，骨格橫大，有點像他的母親。兩個人相對沉默了一忽。美瑛想找點話來和表兄談談，但盡想盡想也想不出什麼話來。並且頭上像受著重壓不容易抬起來。

——表兄像有什麼特別的話要向自己說般的。像有什麼事情要向自己要求的樣子。

「瑛妹，你今年幾歲了呢？」表兄突然地問了這一句。美瑛覺得表兄的這個質問太失禮了。提起歲數，美瑛比聽見什麼還要難過，她只低著頭雙頰緋紅的。

「老了喲。」過了一會，她才苦笑著說。

「聽說你總不情願結婚，說這個婿家不好，那個婿家又不好。有這事沒有？」表兄還笑著說，但他的聲音聽得出來有些微微地顫動。他說話有幾滴口涎飛射到她的臉上來。她還聞到表兄的氣息很臭。

「像我這個女人……」她只說了半句，雙頰再紅起來不說下去了。

「你太揀狠了吧。」士雄還是一點不客氣的笑著說。

「像我這樣的女人有誰要呢？」她最後說出這樣自棄的話來，但心裡還是承認表兄的話太揀狠了。

——表兄像有意思於自己了。嫁表兄作填房——有先妻的兒子的填房。美瑛看見表兄的衰老而且有病的樣子，心裡實在不情願，但望見他的雙手上的金指環時，又想這個機會再不可讓它逃過去了。

母親拿著洋燈進來了，過了一會，老媽子搬了酒飯進來。吃過了晚飯還坐談了半點多鐘，表兄打了幾個呵欠站起來說要趕到縣城裡的旅館裡去歇宿。

「不下雨吧？」表兄在問她們。

「雖沒下雨，但外面黑得很呢，怕不好走。」

「那不要緊，我有手電燈。」表兄打著呵欠從懷裡摸出一個小盒子來。把盒蓋打開，倒了幾粒小豆大的黑藥丸在掌心裡，趁勢向口裡一拍。口裡含著黑藥丸，伸手向臺上倒了一杯濃茶一氣的向口裡灌。美瑛看見表兄的鼻孔裡流了點灰白的鼻涕出來。他忙由衣袋裡取出一條雪白的綢巾來向鼻門上搭。

美瑛知道表兄非趕出縣城去歇宿不可的理由了，她再不留表兄在家裡歇夜了。

母女兩個送了士雄出去後，再回房裡來時，壁上掛鐘響九點了。

十一

她們回到房裡來了。母親拿了三四個大包東西出來。

「表兄送了好些東西。送你一件華絲葛的衫料。」母親揀那個衫料的包裹交給美瑛。

「我看，什麼顏色的？」她搶過那個包裹來，急急地解那縛著的繩子。

「深藍色。」母親在解別的紙包。

「深藍色，我不喜歡。誰要那樣的老顏色！」美瑛把嘴唇一歪扯。

「表兄說，這樣的顏色大方些。」

美瑛再不說什麼，她只想有這樣好的上衣料就要有好裙料來配它。她恨表兄不加送一件裙料給她。

母親的禮物是青寧綢。還有兩箱西洋餅乾和一打毛巾。她想，除了兩箱餅乾外都

十一

是很切實用的東西。

「媽媽真貪婪！全數收了麼？」

「不全數收下來，還要叫他提著回去麼？」母親笑著說。

「花了他二三十塊錢吧。」美瑛想有名的吝嗇鬼送這樣厚的禮物給人家，恐怕這次是創舉吧，他真的像對自己有意思。

「我也覺得奇異，那樣吝嗇的人。」母親說了後像還想說什麼話。但忽又中止了。

「他多早來的？」

「我才吃完中飯，他就來了。點多鐘前後吧。他要我帶你到他家裡去玩。我想，我們遲幾天送點回禮給他。你說送什麼東西好？我想，他是有錢的人，什麼東西不能買。不過表點意思罷了。買兩斤肉，兩條魚，二十個雞蛋送他好麼？」

「不要累贅了。送他兩斤肉，兩隻雞就好了。我是不去的。他只不轉睛的望著人，望得人……」美瑛紅著臉說了後低下頭去。

「單我一個人去也好，探探他的口氣。」

「探什麼口氣？他對媽媽說了有什麼話麼？」

「沒有明白地說什麼。不過你還沒有回去以前，不住的問關於你身上的事，問你訂給了人沒有，為什麼還沒有嫁，希望怎麼樣的人家。他很留心的問這些事。他恐怕不是替別的人做媒吧。」

「討厭的。」美瑛這回不敢一口抹殺的說不情願嫁表兄的話了。

「我想他那邊有這個希望時，你就將就些吧。人物雖然差點但以後的衣食可以無憂無慮。我想難得再好的人家了。」

「……」美瑛只低著頭沒有表示。若在數年前聽見母親這樣說時，她定提出抗議了，說女人絕不單為衣食而嫁的，現在她實在再無這樣的勇氣。

「去探探大姨媽的口氣，就知道他們的意思。」

美瑛回來自己房裡後還坐著默默地想表兄的事。她總覺得表兄那個樣子實在難於親近。還有一個缺陷是母親不十分留意的。這就是血統上的缺陷，聽說表兄的父系一連四五代都是患這種病死的，有了相當醫學常識的，並且實地的看過這種病的苦狀的美瑛想到這種血統上的缺點，心裡異常的不愉快。

十一

她還沒有和表兄結婚，就先想像到患這種傳染性的惡症的丈夫臨死時的狀況，和自己無可奈何的在看護的情形。他的確是再活不到多少年的人了。尚未結婚就先要準備著作孀婦，這是如何難堪的事。

美瑛把表兄的事想了半點多鐘後，思索力又回覆到今天上午的事來了。

——××店的楊店員像很誠懇的在戀愛著我，對他不該再漠然無所表示了。可憐他窮了一點，不然，他比表兄好多了。他的嘴唇厚了點，除此以外他可以說是個美男子。今天他的態度大膽了點，乘沒有人注意的時候竟捉著我的臂膀。他約我明天去會他，同到市公園去遊玩，若不是表兄今天來了時，我打算把楊松卿的事提出來徵求母親的意思的。母親也喜歡他，只說他家裡窮了一點。看母親，也沒有不贊成的。不過現在表兄有了微微的表示了，母親的意思當然傾向到表兄那面去了。美瑛又追索起認識楊松卿的經過來了。美瑛認識楊松卿是她的一個朋友介紹的，不，要說美瑛的編織絨帽子絨襪子的生計是由她的這個朋友介紹的。她的這個朋友的夫家和楊松卿是同一族的，住在鄰村。最初編織的絨線美瑛間接的由這個朋友領過來。到後來美瑛在楊姓的家裡認識了松卿了，松卿就常直接送編織材料到美瑛家裡來。

到了第二天松卿果然來了。他來時恰好母親不在家，美瑛還在房裡梳頭，她梳著頭髮臉紅紅的走出來。

「請坐一會，我就來。一刻就來，對不住了，勞你送過來，」美瑛一面說一面叫老媽子倒茶。她說了後又後悔對昨天才認識的人不該用這樣親暱的口氣說。

松卿像帶了點禮物來送給母親的。

「你母親呢？」

「才出去的。一刻就會轉來吧，」美瑛說著進去了。

過了一會，美瑛再走出廳前來。把絨線收好了後，看見松卿送來的兩塊肥皂和一包食品，紅著臉不敢收下來又不好拒絕。

松卿的態度像沒有一點拘束，但從沒有和年輕的男性應接的經驗的美瑛盡相向的坐著想不出什麼話來說，有點難為情的。看見松卿盡凝視著自己，忙側過臉去避開他的視線。幸得母親回來了，美瑛忙站起來向母親介紹。

「這位就是××店的楊松卿先生。」

母親對松卿很表示歡迎，為失了婚期的美瑛計她特別的表示歡迎，本來對男女交

十一

際，母親所取的態度是很開通的，寬大的。她對美瑛近來的出入一點兒不加監督了。

美瑛跟母親一路出城時，松卿又在館子裡招待過她們來。有松卿在××店，美瑛的生計上也得了不少的便利。貪小利的魏媽就常常在美瑛面前稱讚松卿。很奇異的就是美瑛聽見母親稱讚松卿就像稱讚自己一樣的愉快，並且不知不覺地雙頰紅赧起來。

嗣後松卿常常來訪美瑛，跟著時日的進行，他和她漸漸地慣熟了，有時說起笑話來了。松卿來時，母親大概不在家。就在家裡只陪坐一會說有事出去，留他倆年輕的在一間房子裡。母親的這樣的態度實在叫他倆感激。美瑛更感謝母親的苦心。她和松卿相認識僅滿一個月，她就像得了母親的許可般的和他結為戀愛的同志。他倆一同出去散步，一同上館子，一同看電影戲。但都在日間出去。松卿曾幾次要求她在晚間去看戲，只有這一件她沒有答應，美瑛看母親的意思，只嫌這個店員窮了一點，若能夠替美瑛負終身的責任時，她也未嘗不可以答應。

「只要他是個可靠的人，能負責任，就和他結重親也可以。」母親對美瑛曾露過這樣的口氣。

「松卿絕不是浮薄的青年，他們的店主很相信他。不是靠得住的人還相信他麼？」

美瑛想，松卿的嘴唇太厚了點，怪難看的。除了這一點，他可以說得上是美男子的格式了。貧窮絕不是一時的現象。作算窮，只要夫妻相愛能同甘苦，也是幸福的。她意識到自己對松卿感著一種情戀了，覺得自己一身只有他能處分了，只有他能把迫近危機的自己救起來。她時時描著和松卿結婚的空想以自娛。有時對著松卿，忽然感著一種愁的發作，胸口不住的悸動，完全的面著失了自我意識的一種危機。受著衝動的打擊，身體不住地發抖。她想，松卿是很明顯的有意於自己的了，只要自己一啟口示意，渴望著——在很久很久的期中渴望著的安慰，頃刻之間就可以領享。但只一瞬間，她又恢復了她的自我意識，覺得這是關係自己終身的事，不能不顧前後的隨便的把身子委託他。雖經他的幾次的要求，她始沒有肯定的表示，但實際美瑛對松卿的戀愛可以說達到相當熱烈的程度了。

十一

十二

美瑛躺在床上，不住的把松卿和表兄比較，覺得他們間真有雲泥之差。

她想，看母親的意思有點傾向到表兄那方面去了。但在自己覺得萬難捨松卿而就表兄。

除窗外的雨音外，周圍異常的沉寂。天氣好的日子，在這時刻常聽得見犬吠之音，今晚上天氣冷了些，又下了雨，外面的村道上像沒有行人，村犬也匿跡消聲了。

蜷縮著身體深深的埋在被窩裡，體溫漸漸的高了起來。她的神經也愈興奮起來。她從席底把松卿今天偷偷地給她的一張紙片取出來看。美瑛是中學畢了業的，看了小學程度還夠不上的松卿的短簡，心裡也有點作惡。信裡面的「莊次」當然是「妝飾」之誤。還有「清陽谷繼」四個字，她真猜不出什麼意思來，她念了一回實在覺得可笑，但她總覺得松卿的短簡中籠著有一種愛，在興奮狀態中的她就禁不住向這張紙片接吻，她漸次的描想到明天去會松卿時的一幕，她的體溫越發高了，尤其是腰部。她想，松卿此刻若在這房裡時，她就要把他整部的吞下去。

十二

她像聽見鄰家的雄雞的啼音。她想，天快要亮了吧。她忙起來把衣服加上，坐了一刻，天大明了，但不見太陽的陽光。她聽見松卿在門首和掃地的老媽子說話，她想，松卿的膽子真大，這樣早就跑了來，但她還是急急地想見松卿，忙走出來。外面還絲絲地下雨。

「你冒雨來的麼？」她在廳前接著松卿就這樣的問他。但他只笑著點點頭不說話。

「你怎麼今天這樣早就起來了？」

「還早麼？我在市公園裡的八角亭下等了你半天，不見你來，才跑來找你。現在快要轉一點了，還說早麼？」

美瑛聽見後心裡覺得很對不住他，辜負了他對自己的熱誠。但她又半信半疑的想，自己才起來，臉還沒有抹，頭髮還沒有梳理，怎樣就到一點鐘了呢？莫非我今天起床起遲了麼。她忙叫老媽子，但並不見老媽子答應她。

「你見了我的母親沒有？」

「你母親早出去了。我在路上看見了她。她說你在家裡等著我。」美瑛想，怎麼母親出去不告訴一聲呢，心裡有點不舒服。但她想，母親定是到表兄那邊去了的。

「我們走吧。還等什麼？我在K酒店開了一間頭等房子等你呢。」

「沒有人在家裡，怎麼走得動麼？」

「不要緊，快走！快走！」

「讓我梳好頭再去吧。也得換件衣服去。」

「你的頭髮還整齊，一點兒不亂，你身上穿的衣服也很可身，不要換，頂見得人了。」

美瑛沒奈何的跟了松卿出來。在路上松卿要求她並著肩走路，她不答應，只在後面跟著走。看見路上只他和她倆的時候，他就走近她的身旁捏手捏腿的。她對他的粗鄙的舉動雖然有點下流樣子，但也不十分拒絕，因為她實在感著一種快感。

不一刻他倆走到K酒店來了。酒店的茶房引他們到三樓上的一間陳設很精緻的房裡來。在房中心由天花板吊下來的電燈，煌煌地照得全房裡通亮的，她想月薪只十八元的松卿怎麼這樣闊的租起這樣好的房子來呢？

茶房不一刻把飯開了來。她想她今天早午兩頓飯都沒有吃，怎麼一點兒不覺得肚

十二

餓呢。她望著臺上的酒菜，有許多她有生以來沒有嘗過的。松卿告訴她這些不是中國菜，是西洋菜。她望著松卿在吃那幾碟西菜，很羨慕他用刀叉用得熟練。幸得茶房備了筷子來，她不會用刀叉，只用筷子夾來吃。

吃過了飯，茶房拿了一張紙來叫松卿填寫姓名，他就填了楊松卿，二十三歲，同妻魏氏，二十三歲。她只臉紅紅的望著他寫，不便說什麼。茶房去了後，松卿就翻向她說，「這樣寫不要緊吧，遲早有個樣的稱呼的。」他說了後竟撲到她身上來。她躲不及了，松卿已經坐在她的懷中了。她這時候也覺得自己周身的血在騰沸。松卿把兩片很厚的嘴唇送到她口邊來了，頸部也緊緊地給他攬抱著。她只閉緊雙目；覺得自己的身體軟洋洋地快要溶解了般的。

美瑛連自己也不知道在什麼時候給松卿摟抱著睡倒在那張鐵床上了。她想抵抗，但已經來不及了。她領略到久渴望著的一種安慰了。她像喝醉了般的。等到自己醒過來時就聞到一種鴉片臭和口臭的混和臭味，怪難聞的，她忙睜開眼來看時，摟抱著自己的不是松卿，是自己的表兄。

「啊唷！」她駭了一跳，自己叫出聲來了。忙睜開眼睛，看見自己臺上的一盞小洋燈黃豆大的燈火半明半滅的還在燃著。朝東的窗口上部的玻璃板浴在淡黃色的太陽光中了。

她靠在枕上還默默的想夢中的情況，覺得身體懶慵慵的不容易起來。她聽見後園裡的鳥群的歌聲了，她想天晴了吧。

她睡到八點多鐘才起來，和母親一同吃了飯後，母親真的一個人出去了。她說到縣城去買點禮物回來，明天就到表兄那邊去。

母親走了後，她把夢裡的情景再細細的咀嚼一回。愈咀嚼，那種衝動的強壓力愈大；她想，答應了他的，會他去吧。萬一有什麼意外的事件發生也算不得什麼危險。自己的身體遲早要嫁人的了，不嫁松卿，也嫁表兄了。作算和松卿有了什麼關係再嫁到表兄那邊去也不算得是件罪惡。表兄還不是再婚麼？恐怕他的身體的不潔還有比再婚更甚的吧。強烈的衝動的發作逼著她發出這種自暴自棄的思想來。

「你來我家裡不好麼？何必要我到市公園那邊去呢？」當松卿約她的時候，她就這樣的回答他。

「我到你家裡去的回數多了，村裡的少年們很注意我呢，怪不好意思的。多到你家

十二

裡去，也怕他們說出不好聽的話來。」

到後來美瑛還是應了松卿的約。

她走到市公園門首時，看看自己腕上的手錶，差十五分鐘就響十二點鐘了。由家裡一路來自己心理上都不起如何的變化，到了公園門首才覺著胸口有點悸動。幸得將近午了，公園裡很少遊耍的人了。她壯著膽走進公園向松卿約她的地點來。她覺得公園裡的人都在注意她，她不敢抬起頭來看公園中的景色。

只一刻工夫，她走到溫室後的一個小小的八角茅亭邊來了。她遠遠地就望見松卿一個人痴坐在亭子裡的石桌上。他雙手環抱著雙膝，下顎承在膝上，拿著他的很厚的嘴唇痴望著茅亭對面的一叢桃林。他像在這裡等久了等得無聊起來了。她望見他的態度也覺得好笑。

十三

天氣很好，太陽正在中天。她早晨出來時，裡面穿了一件棉背心，上面加上一件夾外衣，又因走了許多路，她覺背部微微的出了點膩汗，身體也感著點睏倦。

「啊！你來了。怎麼這樣遲！」松卿看見她，由石桌上跳下來。她走進亭子裡來，先在一張石凳上坐下去，喘著氣，好一會說不出話來。

「怎麼樣？身體不好麼？」松卿就在她的旁邊的一個石凳上坐下來，湊近前去問她，她只搖了搖首。她像準備著許多話要向松卿說，但此刻又想不出什麼話來和他說，她的胸口更悸動得厲害。在茅亭前過來過去的人都很注意他倆。

隔著一個淺淺的池塘，那邊就是在這公園中有名的桃林。深蒼色的桃葉密密的把那邊的草場遮住了。在桃葉叢中隱約望得見幾顆桃實。去年秋盡冬初時，美瑛曾一個人到過這亭子邊來看在池裡游泳的一群紅金鯉。其實她也不是真心喜歡看水中的游魚，不過天氣太好了，自己心裡反為悶得難過，她一個人到這公園中來像有所求般

十三

的。但到頭又感著輕微的失望。看見在公園裡遊玩的一對一對的夫妻並著肩走，甜蜜蜜的互相笑語；她又感著一種煩悶。

她正在痴望著池中的游魚，忽聽見池塘那邊的笑聲。她忙抬起頭來，視線透過有枝沒葉的桃林，看見那草場上坐著一對的青年男女，他們倆坐得很接近的，男的手加在女的肩膀上了。她看見那種情形，胸口突突地跳躍不住，忙低下頭去。她想，那個女的定是拒絕男的要求接吻，拒絕了後又在笑他情急。

美瑛坐在石凳上望見那邊的桃林，禁不住想起去年在這亭邊看見的情景來，她默默地在痴想。

「你還沒有吃中飯吧？」松卿坐在她旁邊問她。

「……」她只探探頭，但視線還投射向池塘那邊的桃林。

「我們到外面吃飯去吧。」

「那桃林後的草場在冬天很好玩的，草枯了，很燥爽的。不曉得這樣時候怎麼樣，那邊幽靜得很。」

「現在草長了，又下了幾天雨，很溼潤的，坐不下去了。但是草場周圍有鐵梳化椅可以坐。」

「就是要坐在草地上才有趣。」

「我們到外面吃了中飯再轉來遊玩吧。」

美瑛杖著紫色的小洋傘站了起來。

「你來了多久了?」

「多時了!等了你半天。我當你背約不來了。」

美瑛只翻顧著松卿一笑。松卿等了半天不見她來的懊惱在她的一笑中完全溶化了。

兩個人揀了一家比較清潔的幽靜的館子,進去吃中飯。館子在公園的後面,美瑛給松卿強勸了三四杯酒,滿臉紅熱起來。乘著酒意,松卿走過來握著她的手,她想躲——不可不躲——又不可了。

「聽說你快要結婚了,是不是?」松卿隨便捏造了一個問題來開始和她說話。

「我結婚?瞎造!我不結婚的!」

十三

「那有女子不結婚的！」

「你怎麼樣？你定了婚？」美瑛紅著臉問他。

「你不結婚，我也不結婚。」

「我不結婚，你就不結婚？」

「至少也要看你結了婚後，我才情願和……不，恐怕你和別的男人結了婚後我終身不結婚了。」

「那你不結婚，我也不結婚。」她說著笑了，但禁不住紅臉。

「彼此把自由束縛住了怎麼好呢？」他笑了。

「那沒有方法。」

「我們同時結婚就好了。」

「那裡有這樣湊巧的事。」

「我們不能結婚麼？」松卿加緊的握著她的手，更湊近前去。她只臉紅紅的低下頭去沒有回答。

「你討厭我？」

「……」她搖搖頭。但她看見他的很厚的紫色的嘴唇不住地在顫動，實在有幾分討厭。

「那我們就訂婚不好麼？我相信我是深愛你的。」松卿說時不單嘴唇顫動，聲音也顫動得厲害。

「請你去問我的母親吧。」她只能這樣的回答。

「我當然要徵求你母親的同意。不過先要問你的意思。你討厭我，你的母親就答應我也是假的。」

「……」她只紅著臉抬起眼睛來看了看他。

「那你是沒有問題的了，是麼？」

他們倆出了館子又回到公園裡來了。他們真的走到那個草場邊的鐵梳化椅子上坐下來，並著肩坐下來。

他倆間話像說盡了，沉默了好一會。

十三

「太晚了，我回去吧。改天再來看你。」她站了起來，但她的雙手緊緊地給他握住了，她赧然的翻向他淺笑——帶幾分不好意思的淺笑。

「一造成了這裡來，就這樣的分手，我總有點不情願。」他笑著說。

「那麼，你想怎麼樣？」

「到什麼地方去玩玩不好麼？」

「什麼地方？」

「你疲倦了麼？」

「……」她凝視著他搖搖頭。

「到什麼地方去好不好？」他低聲的問。

「太遲了，沒有時候了。」

「你不回家去，不可以麼？」

他到後來把最後的話說出來了。但她並不覺得什麼可驚了，因為她早預料及他有這種要求的。

「怕母親說話，也怕村裡人說壞話。」美瑛終沒有那種膽量。

「那你定要回去？」松卿的態度很不樂意的。

「你惱了？」她又有點覺得對不起松卿的熱誠了。「松卿，我希望你像我的哥哥一樣的愛我，這是我可以答應你，並且可以擔保像兄妹般的和你永久親近。至於剛才你所說的，我也不是不願意，不過還是問準了我的母親好些。」

美瑛歲數雖然大了，也常感著性的煩悶；但她到底還是個生長寒村的，可愛的真淑的女兒。並且她的性質很怯弱，尤其是對於祕密的性的行為當是件極重大的罪惡。她終堅決地拒絕了松卿的要求。她想，千辛萬苦的在這幾年的性的煩悶期中保留下來的處女之身萬不可無父母之命，媒妁之言就把它犧牲。「先姦後娶」，在這地方也視為一種極大的恥辱。

松卿送了她一程後。她別了他一個人回家裡來。吃過了晚飯，坐在自己的冷冷靜靜的房子裡又感著萬分的寂寞，她又有點後悔不該錯過了這個機會，恨自己太膽怯，太守本分了。

十三

十四

等到松卿托媒到魏家來時，魏媽拒絕她說，美瑛早和凌家訂了婚約了。松卿託了他的堂兄嫂——美瑛的同學——來詰責美瑛時，美瑛只能把責任完全卸到母親身上去。但她也未嘗不感著一種內愧，自己有幾分——不，其實是完全屈服於金錢的勢力之下。只兩對金手釧，四個金指環——其中一個是鑲有紅玉的，一個是鑲有金剛石的——送到她面前來時，她就忘了士雄的一切缺點。她終於把這些燦燦發光的黃金盡數收下來了。

她的精神稍為鎮靜了後也覺得自己的心裡的矛盾。只剩下一副殘骸的表兄不能引起她的半點的愛慕。母親固然希望自己到表兄那邊去，但她並沒有強迫的意思，錯在那一點呢？錯在自己！自己聽著母親的勸告時只默默地無明白的表示。但自己如果真的不情願時，母親的勸告又何嘗不可拒絕。

「你替我轉告松哥，我自己何嘗情願。一切的事都由我母親作主，我真無法可想，

十四

總之松哥日後看我的心吧。」美瑛對她的同學就這樣的為自己辯護。

松卿雖然有幾分承認她的婚事是全由她母親心主持。但他還是怨恨本人美瑛對他變了心。他寫了封信來，信裡有這樣的幾句：「恨我無鄧通的銅山，無呂洞賓的點金手指甲，所以你不願意嫁我。」在松卿這是很有文采的一封信了。

在婚期前，松卿或託人或寫信來要求她出城去會他一會，只要她去會他一面，他就死也情願。

「不行喲！你要知道表兄的脾氣。萬一他碰見了你倆一路走時，怎麼好呢？再等三個星期，你就要出閣的人！」當美瑛要求母親允她到城裡走一趟時，母親就這樣的警戒她。母親又說，結婚前的女兒不該在人群中拋頭露面的。美瑛覺得見了松卿實在不容易辯解，所以也認了母親所說的理由了。

士雄和美瑛終於成了婚，舉行了在他們鄉里所罕見的盛大的結婚式。成婚的初夜使美瑛最難堪的就是在洞房裡加設了一個鴉片菸炕。來洞房裡湊鬧熱的都是士雄在緬甸的朋友，或坐或臥，在菸炕上擠成一堆。

他們輪著燒鴉片菸膏，各人都過了癮後擺開兩張臺子玩麻雀。這時候做新婦的美瑛只能很寂寞的坐在室隅的暗影中望他們。看見這麼一種情形，再望望猴子形象的新郎，她覺得自己的運命在今晚上完全決定了再無幸福可言了。

雖然是初秋，但氣候還很熱，穿著兩件單衣還覺得熱不過。只有副殘骸的士雄寬了大褂子後，裡面還有一件絨襯衣套一件西式緊身背心；但他還說冷不過。他的朋友們呼他做寒老鼠。美瑛聽見他們把寒老鼠的名加在自己的丈夫身上，心裡雖然有點不願意；但同時也覺得這個綽號冠在她的丈夫身上是很確切的。

「寒老鼠，我們都料不到你竟有此種豔福。」

「寒老鼠，比蘭貢（Raugoon）的小芙蓉如何？」

「怎麼能夠把他的新夫人比小芙蓉呢？」

「滿足了吧！H市在鶯嬌也不差。你的確是豔福不淺。」

「聽說新加坡的跑了，是不是，寒老鼠？你給她捲逃了多少？」

「你真是狡兔，有三窟四窟了。怪不得你的身子淘得像乾薑般的。」

「莫瞎造！你們總愛敗壞人家的名譽。你們總想離間我們新夫婦吧。」

十四

士雄口裡啣著一根紙菸，笑哈哈地很得意般的說。

美瑛看丈夫的態度像並不以祕密的蓄妾為一種羞恥，他當它是有錢的男子所應行的一種義務。她在結婚的第一晚就受了這麼的一個絕望的大打擊。

——允許和他訂婚時有了覺悟的。作算他不蓄妾，自己跟了這樣的人也不能算幸福。米已經煮熟成飯了，一切唯有委之運命了。

她回想到小時候的事來了，像是十一歲的那年秋，她費了絕大的心力製成了一個很好看的紙鳶，拿到屋後的草墩上去，想把它飛起來她才拿出來，一個很凶悍的村童走來硬把那個紙鳶搶了去。她爭不過他，她只能把新製的紙鳶撕破。她當時的心理是，不情願把整整齊齊的紙鳶讓給他，要把它撕爛一點才快意。她想。現在的自己的肉身——挨了幾許艱辛保留下來的豐熟的肉身——就和新製的紙鳶一樣，一點兒沒有撕破，整整齊齊的讓給表兄了。

她想到這點，覺得為表兄犧牲的過大了。

那晚上，美瑛感著說不出來的痛苦。表兄的向外微露的兩個門齒，時時觸著她的紅熱的片頰，一股像腐敗了的死魚的臭氣不斷地流向她的鼻孔裡來。她把臉歪過一邊，忙取了條灑有香水的手帕蓋在鼻梁上。士雄的黏滯的，但又缺少氣力的行動陡然使她發生一種厭悶。快滿十年間的渴望著的安慰，結果不過這個樣子；美瑛不免大失所望，她雖然面著士雄，但她的心禁不住飛向松卿了。她後悔，後悔不該給松卿太失望了。

美瑛和士雄結婚才滿月，她和她的大姨媽，姑媳間就生出齟齬來了。她至此才知道士雄的妒忌和吝嗇的性質完全是一種遺傳性。

「一天到晚，夫妻倆盡守在房裡，差不多連飯都要送到房裡去吃了。……那有做媳婦不跟婆婆做事的？我吃了早飯到田裡去時，她還在床上拿睏呢，……像這樣的家事一點不理。工夫一點不做，只管好穿好吃的，還成什麼家呢？」大姨媽近來漸漸地向村裡的人發出這類的話來了。

士雄若不出城裡去時就不肯放美瑛離開他超過半個鐘頭。燒菸的時候也要她坐在炕沿上。有時候白天裡也歪纏住她至幾個鐘頭。對士雄的無節制的要求，和他的無氣力的遲緩的舉動，她雖然有點厭悶，但從來沒有若何的異常的經驗，並且生理上正在爛熟期中的她對士雄的無忌憚的挑撥也有些耽溺。

十四

她和他的這種露骨的醜態引起了凌媽的不滿和反感。並且士雄應美瑛的要求在她的首飾和衣裳方面花了不少的錢；對母親的供給卻錙銖的計較；這也是引起他的母親的反感的一大原因。

士雄出城去了時，凌媽便向美瑛冷言冷語的。

「夫妻相好，也相好到有個分寸！整天整夜的相守在房裡，成什麼事體！豈不叫人家笑話！」

美瑛聽得哭起來了。士雄回來了，那晚上她便哭著要求暫回娘家去住。士雄當然不能答應的，他正迷醉著她的肉。

美瑛在凌家住滿了三個月了，姑媳間的溝渠愈挖愈深。到後來，無可奈何，士雄只好帶了新妻到城裡來另租了一所房子。村裡的人都睜著驚奇的眼睛送他倆離開了這個小農村，他們都嘆息著說，現在的新女學生娶不得。替兒子娶新女學生作媳婦會革掉自己的老命的。

十五

美瑛和士雄在城裡租的一個小小的洋房，在呂真人廟後的幽寂的一條街上。在一般人看來，他倆的生活是在這小小的城市裡算頂奢華的生活了。論美瑛的性質原不喜歡這種生活的，習慣於城市的生活，菸賭的生活的還是士雄。士雄早就不甘村間生活的寂寞，利用姑媳不和為口實就搬到城裡來。

反日為夜的他們——士雄的一群菸友賭友——的生活，在美瑛最初覺得異常的痛苦，但過了個把月，她漸漸習慣了，她也學會了麻雀了。到後來天氣不好的晚上，沒有賭友到她家裡來開麻雀臺時，她反感著寂寞了。她漸漸地和他們說笑起來了，露骨的說笑起來了。有時他們也很不客氣地捏她的嘴角，最初她臉紅紅的罵他們，到後來她竟向他們報復了，他們也像得了機會就和她扭成一團。厭倦了士雄的微溫的擁抱和不愉快的親吻的美瑛由他們的玩笑領略到不少的安慰和快感。有時候她竟避開士雄和他們有更露骨的玩笑。

十五

她也常常暗暗地吃驚，吃驚自己會變化得這樣快。

衣食住，她都得了極度的滿足，只有性的生活——在由二十歲至四十歲的二十年間的女性所不可缺的一種生活——她總覺得士雄無能力為她提供，她雖然沒有別的男性的經驗，但她深信士雄在生理上是有了缺陷的。結婚快滿半年了，她還沒有享受到她平日所渴望的強烈的性的安慰。正在盛年的女性不能得相當滿足的性的生活，所謂生存是全無意義的了。

在他們農村裡農民正在起床的時候，士雄才從菸炕上爬起來推醒在熟睡中的她。由微明的時候至太陽高出水平線時候止，其間是士雄和她糾纏不清的時期，有時忽然的中止，有時把時間延長；總之士雄的蠢動徒然地把她的欲焰煽動起來而無法撲滅。等到士雄疲倦了熟睡下去後，她的眼睛裡燃燒著欲焰凝視天花板，再睡不下去。有時候，她常為這件事笑著向他說：

「你的身體該叫醫生替你診察診察才好。盡是這個樣子不嘔死人麼？」

「我自己也覺得不能滿足。也向醫生說過來。醫生說是久吃菸酒的結果，要我禁菸禁酒。你看我離開菸酒能生活麼？中西藥也不知服了多少，但一點沒有效力。太對不起你了。」他也笑著說。

美瑛起床是在上午九點十點鐘前後，士雄卻要睡到下午的三點多鐘。美瑛因為吃了早飯後一個人無聊，天氣好時，出來在附近的街路上遊散。有時竟一個人獨步到公園裡來。

十一月中旬的一天微微地起了點風，但太陽高高地懸在沒有片雲的深藍色的空中。美瑛一個人走到公園來時，覺得背部發了點細汗了。出來的時候有點兒冷，穿了旗袍，給太陽晒了半點多鐘，感著鬱熱了。

她踏進公園門就聯想到那個茅亭了——在她算是個紀念物的茅亭。

——半年久沒有聽見松卿的消息了。他早忘記了我吧。我雖然算是結了婚的人，但心情還是和在這個亭子裡會他的時候一樣的懊惱，心裡也還一樣的空虛。切切實實地反問一下自己，自己又不能爽爽直直地回答說，早嫁了松卿好些。自己雖有幾分戀愛著松卿，但其間還有一種說不出來的隔膜。自己說不出這種隔膜是怎麼一種東西。論在社會上的虛名，松卿和表兄一樣的無名。論利呢，當然表兄方面靠得住些；不過自己並不十分注重，自己也曾唱過高調，只要真心愛自己的，自己就可以和他共

十五

甘苦；那麼金錢是不成問題了。論人物，松卿就高出表兄十倍！不決意嫁松卿完全錯了！但那又不見得。聽說松卿在村裡只有兩間茅房，此外沒有一角田一角地，他在××店裡月薪十元僅僅夠養活他的老母親。

嫁給無能力獨立生活的男人的農婦的慘痛生活映在美瑛的網膜上時，想和松卿訂婚的決心愈加遲鈍起來，農村的工資近來增加了；由早七點鐘起至晚上的六點鐘止，除了正午一小時的休息外，共十時間的勞動；由五分錢增加至八分錢了。工資之外還有早午兩餐的飽飯。春水來時正是插秧的時候，褲腳高捲至大腿部，雪白的一雙有曲線美的腿、膝、脛等都畢露出來。走進田裡時泥水高及膝部，或竟漲至大腿部，泥臭和水的汙溼浸滲至她們的腰部和腹部來。黃昏時分放了工回來，腿上的泥巴還沒有洗乾又要為丈夫為兒子的事情忙個不了。餵乳、挑水、劈柴、洗衣裳準備明天一早拿出去晒。等到家庭的事清理好時已經十點十一點了。有時為小孩子縫補破爛了的衣裳，就要過了十二點後才得睡。睡下去後還有丈夫的歪纏。美瑛想。這完全是奴隸的生活，做無能力獨立生活的丈夫的奴隸！

——嫁了松卿，遲早要過這樣的奴隸生活吧。所以美瑛默認了表兄的婚約，對松卿絕無半點留戀。

現在她是有夫之婦了，嫁了表兄了，算倖免了那種農婦的奴隸生活了。

但是她想，現在的生活，和表兄同棲後的生活能算幸福麼?想到後來她只有苦笑——不，只有慘笑。

她現在思念起松卿來了。聽說他聽見了自己的婚事，異常的失望，××店的職務也早辭掉了;這是她初次歸寧時，她的同學告訴她的，到第二次看母親去時，聽說松卿跟了一個村中的水客往南洋去了。

她站在亭子裡痴想了一會，也無心看公園裡的景色，再走到桃林後的草場上來。今天天氣太好了，一對對的年輕的夫妻，還是和去年所看的一個樣子，在草場側的路上走過來走過去。其中還有攜著在熱烈地歡呼的小孩子。

去年冬一個人來看見這種情景，感著一種寂寞，同時也發生出一種羨慕。今年春伴松卿到這裡來看見同樣的情景，雖然說著幾分寂寞，但同時也抱著幾分希望，現在又輪到自己一個人來到這裡看同樣的情景了，感想當然和春間大不相同了，就和去年比較也不相同，雖然同樣的一個人來，但是完全絕望了的一個人了，她只感著一種悲

十五

痛！她現在覺得從前的孤寂，倒是一種耐人懷想的孤寂，現在求那種孤寂都不可得了，現在在自己裡面剩下來的只有疲勞、懊惱和悲痛。她想，自己的目前的生活才算是正式的奴隸的生活。和雖然受著壓迫但尚有獨立生活能力的村中的農婦比較起來，自己又慚愧萬分了。

她在公園裡轉了一會，想出來散散鬱悶的心情的，誰知反增了不少的懊惱。

——許久沒有看母親去了。看母親去吧。到母親家裡時就請哪個同學過來談談。順便探探松卿近來的狀況。她走出公園買了點食品，就叫了一輛轎子坐到母親家裡來。

十六

轎到了母親家裡時。門前先擺著兩輛轎子了。她想。母親家的客是那個呢？她從轎裡下來時就看見老媽子提著菜籃走出來。

「啊啦！真湊巧！可惜你不和大姑爺一路來。來了時就好看了。」那個老媽子看見來的是美瑛像取笑般的向她說了後匆匆的提著菜籃走出去了。

母親聽見美瑛的聲音，從房裡走出來，跟在母親後面的還有兩個人，一個是穿西裝的少年，一個是抱著個小嬰兒的年輕女人。

「你來的真巧。」母親說。

「啊！姊姊！若在路上碰見，我真認不出來。」妹妹說。

黃廣勛只站在他的夫人的肩後笑吟吟地向美瑛點頭。她看美瓊的樣子有點憔悴了！服飾也不像從前華麗了。美瑛想，這就是去年正月裡出閣的妹妹嗎？若在途中遇見，我也不敢認她是妹妹了。她再看廣勛，覺得他比去年胖多了，雖然他的臉兒

十六

微微的變黑了，不及去年春時的白皙，但那種有男性美的一種姿態，就叫她生了一種羨慕，她想，妹妹才是個真幸福的人，有這麼美壯的丈夫，又生了兒子。女人所希望的一切她都算達到了目的，她的前途滿敷著幸福之花。她的家庭定是很和暖而且甜蜜的。

那晚上只廣勛一個人回他家裡去，美瓊看見姊姊來了，姊妹倆就留歇在母親家裡了。

美瓊把她嫁後至現在的經過情形告訴了姊姊。

美瓊去年春跟廣勛到上海去後就在私立T大學的文科掛了一學籍。廣勛就回到自己的學校裡去。他倆原想共租一個房子同棲的，因為兩人所進的學校相距太遠了，並且廣勛的學校有半膳費的供給，他有點捨不得，他倆就分開了，各住學校的寄宿舍。只有星期六的晚上他倆可以在廉價的旅館裡相會。星期日的下午又分手各回學校裡去。

廣勛是習政治經濟的。美瓊習的是純文藝，在T大學裡，認識了不少的研究純文藝的青年，有比她的丈夫長得標緻的，有比她的丈夫長得壞的，有比她的丈夫有錢的，有比她的丈夫窮的，她對文藝也漸漸地感著興趣了。她不論好乖，耽讀了近代作家的作品不少，她讀了有趣的作品就想會那個作家，尤其是讀了自敘傳體的作品，越發想看這個作家是怎麼樣的人。美瓊說，她的丈夫對藝術一點沒有理解。他只想如何的在政治場裡活動，還沒有畢業就喜歡和名人交遊起來。他在上海三四年間花了的應酬費不下幾千了。在美瓊只看見他請名人，總沒有看見名人請過他一次，美瓊對她的丈夫的無意識的拍名人的馬屁，心裡有點看不慣，因為她研究文藝研究了一年多，發見了一條原則是「名人做事愈不近人情，他的聲名就愈高，常人愈訴其人生苦，他就愈受人的輕視。」

廣勛的學費全由他的哥哥供給。雖說是由哥哥寄來給他們，但還是父親的遺款。廣勛的父親在省城開有一家綢緞店。五年前父親死後就由哥哥一手經營。據哥哥來信說，近兩年來，店裡負擔的特別捐太重了，店員又全體增加了工資，掙的紅利又給他們分去了百分之三十，生意僅僅能維持下去，賺錢的事是無希望了，本來是家小小的經紀，並不是個大資本家，所以不能支持。再有什麼特別障礙發生時，生意就不能不收盤了。他的哥哥還來信希望廣勛快點畢業出來謀個職業，可以減輕他的負擔，但美瓊卻不信她伯伯的話。

十六

她說嫂嫂沒有出省城去時，生意可以賺錢，去年嫂嫂出省去後，生意就不好起來了，這樣看來定有別的理由，哥哥說的「小經紀」，「大資本家」等話完全是口實罷了。

今年七月初美瓊做了母親了。小孩子出生了後就廢了學，她說，有了小孩子後才知道女人的最神聖的事業就是撫育子女。為撫育子女什麼都可以犧牲，她為兒子犧牲了她的學業。

好容易挨到今冬，廣勛在N大學草草的畢了業，他倆帶個小孩子由上海回到家裡來還沒有幾天呢。

美瓊又對她的姊姊說，現在的社會只有一個吃飯問題不容易解決。因為爭飯吃，父子也可以不成其為父子，朋友就更難靠了，廣勛還沒有畢業之前在朋友間的應酬看來像個生活上很過得去的人，很多朋友也就和他交遊，現在畢了業了，為吃飯問題想在社會上圖個職業去求幾個在政界上有點聲望的友人援助他，可是他的友人們以為他的這種要求在他們的精神上會起一種紛擾，因此就置之不理。所以廣勛落膽了，不敢再在不易居的上海留戀，想回故里來覓個中學教員的席位。

美瑛看妹妹說了後眼眶已經發紅了。看她的服裝雖然不算舊，但式樣不是最新流行的了。

「但是妹妹總算幸福的。」美瑛聽完了妹妹的話後說了這一句。

「幸福？什麼幸福？！你那個妹婿又……」美瓊說到這裡不說下去了。

「妹婿怎麼樣？對你不好麼？」美瑛問她。

美瓊忽然的流下淚來了。

「我看你們倆是對理想的夫妻了。你還有什麼不滿足嗎？至於貧富不能把它參加進夫妻愛情裡面作一個條件的。」

「年青的讀書人意志總是不堅定的。」美瓊揩著淚說。「我羨慕姊姊呢。表兄是個給現代的人情世態洗練過來了的人，到了中年又得了姊姊這樣好的人物。只要姊姊不嫌厭他，你們倆的家庭是頂幸福的了。太年輕了，意志不堅定，要人操心，真是辛苦的。」

「我幸福？妹妹還不知道呢。我近來過的生活差不多可以說不是人的生活。你的姊丈還是個一樣不定性的人。聽他的朋友們說，他在各地方都有家，不過沒有證據，所以沒有和他理論，我也不稀罕他，管他對我專心不專心！」

十六

她們姊妹都各有心思的沉默了好一會。

「妹妹，你瘦得多了。臉色也不似從前的好看，在上海不服水土麼？」

「是的，自從生了這個小孩子後臉色就蒼黃起來，也不知什麼緣故，我的臉色原就不像姊姊的白皙，瘦了下來，怪難看的，現在無論叫誰看來都不承認你是我的姊姊吧。」美瓊雖然笑著說但說了後嘆了口氣。

美瑛想，妹妹說的話或有幾分道理，因為女人的年歲像會跟著服飾增減的。現在的自己，由自己看來，實在比妹妹好看些，也比妹妹年輕些了。

美瑛和妹妹在母親家裡一連歇了三夜，談了不少的話，也討論了許多關於「婦人與家庭」的問題。她知道了所謂幸福並沒有絕對的，只看她的希望能否達目的，她的慾望能否滿足。一部分的希望達了目的，一部分的慾望得了滿足；但還有一部分的希望或慾望受了道德律的制限或受了夫妻的名義的束縛；那個女子就不能算幸福了。總之不受社會的慣例的支配，不受道德律的制限，不受任何種名義的束縛；各向其心之所安的方面進行，在彼此不相妨害的範圍內男女各有充分的自由。要能達到這樣的田地，各人才算有真正的幸福。受了一種名義的束縛，受了一種信條（Doctrine）

的限制；事業固然可以成功，聲名也可以成立；不過真的自由，真的幸福就完全被剝奪了。

美瑛想，自己的性質太怯懦了，對社會的制裁常懷恐怖，對道德律也絕對表示服從，對名義也絕對的忠守；想這樣的去求幸福，結果唯有犧牲了自己的活氣滿滿的青春——不，實在犧牲了自己的一生！以後不能相信運命了！自己非改革自己的運命不可了！

十六

十七

一星期，美瓊夫妻同到城裡的美瑛家裡來，由她們姊妹倆的介紹，士雄和廣勛也認識了。廣勛對酒和麻雀和士雄是同嗜好的，他倆就成了莫逆。

美瑛意識著自己十六歲那年的事——廣勛是先向她求過婚的人——廣勛在她的心上像持有一種似恨非恨，似愛非愛的印象。他不像中學時代那樣的美了，但他的美少年的印象還很深刻的印在她的心坎裡，同時受著士雄的蹂躪，不能得徹底的性的安慰的她望見體格魁偉，富有筋肉的廣勛也垂著涎沫生出一種羨慕來。

——像這麼一個魁偉的好男子，怎麼妹妹還說不滿足的話呢？她覺得人生就有許多矛盾，不經過一次的社會革命不能解除的矛盾。

寒冬的一天下午，士雄今天起床起得特別的早。一響十二點就從被窩裡爬起來，吃過了飯就出去了。他說××公司今天開股東會，他是股東之一，一點鐘就開會的，不能不早點去。

十七

上午美瑛起床時，朝南的百葉窗扇上太陽光還晒得很強烈的。近午時分，太陽在灰白色的雲中隱了形，房裡地微微的黯淡下來。

外面像起了西北風，在屋後的竹林裡吹出一種悽慘之音，但這種悽慘之音裡面又像含蓄著一點春意。美瑛在房裡的暖爐前坐著還覺得有點冷，十根指頭也微微地紅腫起來。她由美瓊那邊借來的一本「藝術與戀愛」雖然擺在面前，但她覺得今天特別寂寞般的，也再無心讀那部書了。

——他說今天定來的，怎麼還不來呢？天氣太冷了，他不出門了吧。他還是喜歡他的妻子，這樣的冷天裡，在家裡擁抱著他的妻子向火吧。他們在冷笑我吧，丈夫對人說妻如何不好，妻也對人說丈夫如何不好，其實都是飾詞，他們都在騙我，嘲笑我沒有和暖的家庭，他是有了妻子的人怎麼還有真心向我呢？她一個人在翻來覆去的想，愈想愈覺得廣勛前幾天的話靠不住了。

——是的，自己明知廣勛所說的都是假話，稱讚我美麗是假的，說他和妹妹已經無愛了也是假的。自己雖知道他的心不真誠，但總不能放棄自己對他的希望。

她前星期到他家裡去，回來時，他送了她一程。

「出了村口就是官道，來往的人多，不要緊。只有由家裡到村口的路太僻靜了，單姊姊一個人不便走，你送姊姊出村口去吧。」美瓊看見姊姊說要回城裡去時就這樣向丈夫說。廣勛當然很情願的，他在美瑛家裡打過幾晚的麻雀了。他和美瑛漸漸地混熟了。久和生育過來的美瓊同棲，對她的有主婦臭的態度和做了人的母親的沉著的態度早生了一種厭倦的他，看見美瑛的始終歡笑著的無忌憚的態度更感著一種興味。

有一晚上廣勛在她家裡一連輸了幾圈，輸得雙頰發熱起來。

美瑛看見廣勛在座，她就沒有一刻不意識著他，她也知道他的經濟狀態不好，看見他輸了，很替他抱同情。

「我看，我來看你的牌怎麼樣。我來做你的參謀。」她笑著湊近他的肩後來。她一面剝著瓜子一面說笑。廣勛的左頰上感著她的有曖昧的氣息，精神更搖招不定了，他又輸了一圈。

「你起來，我替你打一兩圈看看，看可能轉過風來。」廣勛真的站了起來。她就坐下去。

「可是，你也走開不得，你還要在我旁邊監督著。」她笑著牽他的手，她叫老媽子

十七

搬了一張椅子來，叫他坐在她的左肩後，廣勛臉紅紅的望了望士雄，才坐下去。士雄坐在對面，雖然注意著他的牌，但時時注視她和他的態度，廣勛坐在她肩後很侷促不安的。但他看她的態度像對士雄一點都不理會。

她隻手摸著牌，摸到了好牌時，隻手就伸出來捉廣勛的手，好像叫他看牌。但到後來，她隻手緊緊地握著他的手不放了。廣勛也由她的這樣的表示領略到幾分快感。他想該輸了，今晚上該輸了。

平時美瑛等士雄，等得不耐煩時，就先就寢的。這晚上她一直等到他們散臺。廣勛起身告辭時已經是午前兩點鐘了。她忙取了他的外套替他披上，送他出來，雙手抓住他的外套的袋口送他出門首來。

他真的送著她出村口來，一點鐘時分，農民都吃了中飯回家裡去歇息了。村頭上除了三兩個村童外沒有行人。離他的家遠了，看見他的妻背著小孩子進屋裡去了，他忙走近她的身側，兩人都像預先準備好了的，他的左手和她的右手觸著了，緊緊地互握著了。在他倆的身體內循環著的血液忽然地沸騰起來。她的髻上的黃澄澄的首飾也使他生了一種羨慕。他嗅著她的有刺激性的髮香。

「那晚上真對不起。我本想送回來，又怕表兄曉得。」他想起那晚上輸了錢回來在外套袋裡發見的一束鈔票來了。

「我看你輸狠了。你有家務的人，輸了這麼多錢，怕你家中不方便。」她臉紅紅的翻回來向他說。「我家裡雖不算有錢，不過我們吃的穿的盡夠了，多了錢也沒有一點意思。」

廣勛這時候萬分感激她了，不知道要如何的表示才可酬報她的厚意，他只加緊的握了她的手，一時說不出話來。他倆又默默地行了十多步。

「你在軍部裡辦的什麼事？」

「軍務處的股員。」

「月薪呢？」

廣勛給她這一問，臉紅紅的說不出話來。

「有一百元？」她不客氣的追著問。

「有一百元倒好了！」他紅著臉苦笑。

十七

「有多少呢？」

「四十元！」

「僅四十元！」

「四十元還算位置好的。還有二三十元的，裡面冗員太多了。外面說得好聽，不薦用私人，但是有勢力的軍官薦來的還是下條子，下委任狀。」

「處長的薪水多少呢？」

「不十分清楚。五百塊吧。」

「你直接屬處長管麼？」

「不，還有科長。」

「科長的薪水呢？」

「看哪一科，有二百的，有二百五十的。」

「那你們的薪水太少了！」

「還不是！？薪水愈少的人辦的事件也愈多也愈苦。死的是連排長，升官加薪水的是師長軍長。這和勞工神聖的原則就不合了。我由一個認得軍部裡的當局的友人介紹進去的才有四十元的薪額。還有一兩個股員跟著軍隊在各地轉徙了一年多，但他們的薪水還沒有增加，還是領初進部裡時的薪額——三十元。你想公平不公平？像這樣的賞罰不明，勞工的真價很難提高的。有後援時，大學校的以看顯微鏡為專職的生物學教授可以做警備司令官的祕書長呢！」廣勛說了後笑起來了。

「我想，才力雖然有不同，位級也不免有高下之分，不過工作的辛苦是一樣的不費腦力，也費體力。薪額太定得懸隔，團體的合作就難持久了。徒事犧牲有時或可做得到，不過人是墮落了的動物，只能一時，不能持久。犧牲是求解決階級爭鬥的方法，但在這犧牲中不知不覺間又分出階級來了。結果還是勞心的管勞力的，這是不合近代的潮流的。我想，最好只在職務上分級勞動的時間還是上下級一律八小時，薪水也平等，每人一百元或兩百元。大學教授不能比小學教師高三四倍。公安局長的薪水不能比當巡警的高三四十倍。你想對不對？」

「你怎麼發出這樣的議論來了!？」廣勛笑向她。「薪水平等，在現在一團糟的政局是難實行的。為獎勵勤勞的人計。也得要分等級，不過不好太差遠了。位置只差兩級，薪水就多了一二十倍，這真太笑話了。處長的太太來往駕著汽車，股員的太太赤著雙腿在秧田裡插秧呢！」

他和她一邊談，一邊走，不知不覺間他和她的肩膀貼在一塊了，他倆的體內的熱氣交流起來。走到村口來時，她鬆了手向他告別。

「不忙，還早呢，我再送你到前面去。我叫你在我家裡歇一晚，你又不。」

他停了腳，她也止了步，同站在村口的一株大榕樹下。

「等到新年的時候，我再來，那時候我真要到你家裡來歇三兩夜。」美瑛歪著首笑向他說。

「我們慢慢向前走吧。」他倆又開始走路。

「你就到我家裡去不好麼？」她再笑著說。

「今天有點不方便吧。」他也笑著說。

「那你就回去吧。」她推著他的肩膀。

「我捨不得你。」他大膽的故意試探她。

「我還不是一樣。」她紅了臉低下首去。

他倆手攜手的再走了一會，空中忽然地陰暗下來。像天黑了，但時間並不對，還不到兩點鐘呢。「像要下雨了，怕要下雪麼。你快點回去吧。妹妹在家裡等得不耐煩了。」她說了後狂笑。

「不要緊，讓我再送你一程。」

美瑛把洋傘撐開來了，果然頭上一滴一滴的下起雨來了。

「真的下雨了。」

他苦笑著說。

雨滴越發粗了，也愈下得急了。

「你快來，快進傘子下面來。」

傘小了，兩個人緊緊地肩膀貼肩膀的擠著走。他的左手，她的右手共撐著傘柄，他倆互感著熱熱的呼吸。

「兩個人撐著傘柄，不好走。讓我一個人撐吧。」他叫她放了手，她的右手就搭在

十七

他的肩膀上來。

雨愈下得大了，路上沒有一個行人，他倆走到一間破漏了的茶亭裡來了。

「我們躲躲雨吧，」她提議。

「也好。」

他倆就走進茶亭裡來。

「給人看見了時，不曉得他們猜我們是什麼樣人。」

「真的，不容易猜吧。」他傾著頭笑。

「夫妻？不像吧。」

「兄妹？」

「更不像。」

「那，他們猜是什麼樣人呢？」

「定猜我們是幽會的。」

「我們本來是……」他的聲音顫動得厲害。說不下去。「是什麼！」她也顫聲的問。

「我倆是未成功的夫妻。」他紅著臉緊握她的手。「你還好意思說，提起這件事，我真恨你不過。」她說了後她的上下兩列牙齒還緊緊的閉著表示對他的深恨。

「那是我家裡人的意思，那時候我不能作主。」

她的雙腕從他的頸部鬆解下來後，雨也晴了。

「我要快點回去了。」她對他說，他只點點頭。

她才走出亭子外又回來說：

「望你常到我家裡來。」

他點了點頭。他望著她在前面站在轉彎的路旁。隻手撐著洋傘，隻手高高的伸出向他揮動，像叫他快些回去，莫盡是站在亭子前痴望。

十七

十八

美瑛從那天在茶亭裡和廣勛接了個吻後，自己像領受了洗禮般的，覺得前途有一種希望在等著她，她有生以來沒有經驗過這種能使她常常悸動的美感。她想這定是小說裡所說的戀愛了。

——可憐我生了廿四年，今天才感知戀愛是怎麼樣的東西！

房裡漸漸地暗下來，她叫老媽子把電燈開亮。她向火爐向久了後，雙頰紅熱得厲害。她把那本「藝術與戀愛」丟在一邊，雙掌托著紅熱的雙頰，靠著椅背凝視火爐。外面西北風像愈吹得厲害，窗扉在索索地作響。

老媽子端了茶壺進來。

「太太，像快要下雪。今天冷得奇怪。」

「沒有客來麼?」她懶懶地問老媽子。

「今天這樣冷，怕要下雪，沒有客來吧。」老媽子說了後回火廚裡去了。

十八

——他有妻子的。今天這樣冷，他抱著小孩子和瓊妹對擁著火盆在說笑吧。他倆的和暖的家庭真叫人羨慕。他倆才是真幸福。無邪的面貌所有者的瓊妹從他的膝上抱了小孩子過來，解開衣扣露出膨大的乳房來餵乳給小孩子吃。他走過去從瓊妹的身後擁抱她，她在笑罵他。他從後面捧著她的臉親嘴。這樣的一幕幕的景象不住地在美瑛腦裡浮出來。她立即感著胸部起了一種焦躁和苦悶。她剛才對他的熱望忽又隨著今天的氣溫漸漸地降下來。

她正在痴想著，老媽子忽又走進來。

「太太，有客。」

「誰？」

「黃先生。」

美瑛聽見是廣勛來了忙站了起來。她忘了剛才的焦躁和苦悶，只覺得胸口不住的躍動，她還沒有走出房門，廣勛已經走近她的房門首來了。他把外套除下來，她忙接過來掛在近房門的衣架上，她禁不住用鼻尖觸觸他的外套，那件外套還是和在茶亭裡的時候一樣的發出一種特有的臭氣——紙菸、毛織物、中年男子所特有的脂肪臭三種氣味混合而成的臭氣。在其他的女性聞到這種臭氣定要掩鼻而去的，但在美瑛聞到這種臭氣，自己的身體就麻痺起來，對她像有種誘惑性。她很不好意思的再把臉湊近這件外套加嗅了幾嗅。在她，只認是一種強烈的男性的香氣。她久渴望著的也是這種香氣。單嗅了這件外套，她已經像喝醉了酒般的，他倆夾著火爐對坐下來。

「我想你不來了。」

「難得的機會，怎麼不來。」

「妹妹答應你來麼？」

「她曉得我到什麼地方？」

老媽子端了兩盅可可茶進來，他倆暫時沉默著。

她的左手撐擱在椅旁的茶几上。手掌托著她的鮮紅的左頰在痴望著廣勛。她的上唇也受著掌的擠壓，微微的掀起來。長的睫毛，黑的瞳子。眼眶周圍微微地帶點紫暈；平日是很蒼白的，今天臉色也特別的紅潤。他也覺得目前的美瑛是個人世少有的淒豔的美人。尤其是她的一對瞳子——不住地轉動的純黑的瞳子含有一個蠱惑性。

——像這樣的美人嫁給士雄真糟塌了。他把她和流產過一次，生育了一次的她的

十八

妹妹比較，就有點不相信她們是姊妹了。年小的時候的團團的臉兒，並且始終微笑著的妹妹的確比姊姊好看些。但是現在趕不上美人格的姊姊了。

「你盡望著人做什麼？」

「你呢？」

他倆都笑了。過了一會，她說。

「我想我的事情，不與你相干！」

「你就告訴我。看我可能替你想法子。」他笑著說。

「告訴你不得！」

「為什麼。」

「有了妻子的人不能了解的。」

「你感著寂寞麼？」

「是的，有點兒。」

「那麼，你只差小孩子了。遲早你是要生小孩子的。生了小孩子就不是寂寞了。」

「不想！要小孩子做什麼！？」她搖了搖頭。

她自己承認戀著他達到狂熱的程度了。她看見他來了時，早就想鑽進他的懷裡去，最好能夠把他的衣裳撕成一片一片的，看得見他的胸口時，她就把他的胸口咬破，咬至流血，她的熱烈的情焰才會冷息下來。當他進來時不即張開他的雙腕把她摟抱到他的胸懷裡去，她的心頭已燃著憤憤的熱焰。她就想及他是有了妻子的人，並且他的妻就是自己的妹子；她到後來知道向著這樣的男性進攻未免太冒失了。她碰著勁敵了，但進了兵，一時收勢不下來，想戰勝這個敵人，自己實在全無把握。

——遲早會失敗時，那就早點收手的好！女性想擄有妻子的男性為己有，至少要先得了男性給她的可為她所有的證據——表示他能離開他的妻子，全屬給她。若冒冒失失地為那個男性犧牲了一身，後來的結果就不堪想像，由戀愛之夢驚醒來後，恐怕唯有孤獨，疲勞，哀愁和死滅吧。尤其是對手方的女性是自己的姊妹，這是叫自己更躊躇，更遲疑不敢向前進的原因。她早就想向他宣言，他如果沒有和妹妹離開以前，她就不和他有更深遠的交際。但一看見他時又說不出口了。她想，這是他應當先向自己表示的，自己固然想向他宣言，但有一種羞愧在阻礙著自己啟口。

十八

——雖不和他有深遠的交際，但不能說不和他看面。可是事實上見了他就會感著一種苦悶——不在他裡面完全溶解下去就不能解脫的苦悶。已經進行了，向他進行了，和他親了吻了，再收勢不住了，能全始全終地使他屬自己與否，現在也無暇計及了。現在只能一任情熱的奔放。遲早非解絕不可的事還是早點解決了的好。至有必要時就向社會承認妹妹是自己的敵亦所不惜。為求自己的勝利，非斃敵不可！不斃敵，敵將斃自己。不必再躊躇，不必再考慮，我還是大膽的進行自己的事吧。

「士雄今天回來麼？」他問她。

「像這樣的天氣，不得回來吧。」

他倆又沉默了一會。爐火更熾烈地燃燒著，但他倆都忽然的發起寒抖來。

「下雪了喲。」她深深地呼了一口氣站起來走到窗前，隔著玻璃窗扉望見外面下雪了。他也跟了來，站在她的肩後了。

「怎麼你哭了呢？」他看見她向著窗外拿塊雪白的手帕揩眼淚。他的右手加在她的肩背上了。他真想不到她竟會翻轉身倒在他的胸膛上悲哭起來。他想不出什麼方法來安慰她，他只撫摩著她的抽動著的肩膀。

十九

縣城西郊的一家旅館，昨天下午五點來了一對年輕的夫婦。他們倆冒雪走了來，說是由T市赴海口，經過這個地方的。旅館的主人對他倆雖有幾分懷疑，但這種幽會在他旅館裡是屢見不稀罕的，他就應了他倆的要求，開了一個最上等最幽靜的房子給他們。

第二天早晨，陽光射進那間房的窗口來時，那個年輕女人先輕輕地從床上走下來，頭髻蓬鬆，雙頰蒼白。一件毛織緊身背心的扣子還沒有扣上，膨大的乳房的輪廓在背心下面的一件白絨襯衣上若隱若顯的表現出來。褲腳高高的撩起至近膝的脛部，胖胖的弧狀的胚肉白白地露出來。她跳下床來就走近衣架前，先把一件青素緞面的皮襖加上後走近梳化椅上坐下去，把襪子穿上。

她走近面南的窗口望外面的雪景，窗下一帶是種甜薯的乾田，都滿滿的高積著雪，遠望那邊是一面起伏不定的傾斜低緩的山崗。散植在山崗上的幾株枯樹都滿長著

十九

銀枝葉了，又像敷著滿枝的棉花。一眼望去，完全是皚皚的銀世界了。

她想，只一晚上，昨晚一晚上，自己的運命完全決定了。昨晚上到了這裡來吃過晚飯後，自己還盡力和這種誘惑抵抗，試過最後的掙扎，向他提議不留宿就回家裡去。但他死都不肯放手，一手把我抓住，我再無法，也無能力向他抵抗了。想及自己的妹子，雖有點後悔，但昨晚上由他得來的經驗和自己的丈夫比較起來，就有天淵之別。她想，這種強烈的壓迫絕不能在無氣力的士雄身上領略的。他的有活氣的一種力可以說是戀愛的暴力吧。她禁不住羨慕起日夜在受這種暴力的壓迫的妹妹來了。她想現在不單精神上，連生理上，自己是屬給他的人了。

她在窗前站了一會，覺著額部和掌心微微地發熱，背部也感著微寒，喉嚨裡辣刺刺地作痛，口裡很乾燥的帶點苦臭，她想，定是昨晚上身體太疲倦了，並且沒有充分的睡眠，就感冒了吧。她忙走回衣架前再把皮裘的旗袍穿上。

她開了房門，茶房送了洗漱的水進來。洗漱了後覺得頭部很重贅的，身體也異常的疲倦。她懶懶地再走到床前來，揭開帳口，她看見他還把頭深深地埋在被窩裡呼呼的睡著。她略把被角撩開，他的團團的赤色的臉就給她一種的誘惑，她低下頭去在他的熱烘烘的頰上吻了吻，他的頰會灼人般的給了她一個刺激。

他微微地睜開了眼睛，看見她站在床前，微笑著伸出雙腕向她，她立即撲倒在他的胸上了，她狂吻他的頸部。

「再睡一會吧。你不睡了麼？」他再要求她，「不，不早了。快起來吧，怕有十點鐘了呢，我洗漱了哟。你快起來洗漱，讓我梳個頭。」她再吻著他的熱頰說。

他起來穿好了衣服，洗漱完了時，她也梳好了頭。她站在鏡前把鏡中的自己細細的觀察了一會，待翻轉身，她看見他站在自己的肩背向著自己微笑。

她也微笑著向鏡裡的他努嘴，表示要和他親吻。只一瞬間她翻轉身把頭埋在他的胸懷裡了——埋在他的寬闊的溫暖的胸懷裡了。她咬著他的領帶，許久不抬起頭來。有種從未經驗過的激烈的情緒把她的眼淚催出來了。他看她的肩頭在不住地聳動，忙捧起她的臉來熱烈的接了一個吻後，又取了條手帕替她揩眼淚。

「你為什麼傷心？我倆該歡喜的。」

他倆緊緊地摟抱著，她的首枕在他的左肩上。

「廣勛，以後怎麼好呢？」

十九

「什麼事？」

「我們不是犯了罪麼？」

「戀愛的結合，是頂自然的，不見得是罪惡吧。」

「但是你是有婦之夫，我是有夫之婦。」

「那麼，你覺得怎麼樣？」

「我覺得我太對不起妹妹了。」

「那我也對不起士雄了，是不是？」

「那又不同，因為他並不當我是真的妻室看待，我也不過機械的和他結合，一點愛情都沒有的，我都不覺得對不住他。你當然更無所謂對不起他了。」

「啊！原來你的意思是說我不真心向你，還對你的妹妹抱愧，是不是？」

「我並不是懷疑你。不過我擔心我倆以後不知有如何的結局。」

「讓我倆走到我們能夠走得到的地方去就好了。將來的事，擔心不了的。」他說了後再吻她的頰。

「所謂結婚，現在想來的確是個公式——呆板的公式，夫婦也是個空虛的名義。用這個呆板的公式和空虛的名義，去解決變幻無窮的戀愛，的確是不可能的。但是，是這麼樣的社會，我倆沒有這種名義，也沒有用過這個公式，我倆的晚夜的行動就是犯罪了。」

「我倆不承認那種公式和名義就好了，莫管社會對我們怎麼樣。」

聽見茶房敲門，他倆忙鬆了手，各站在一邊。

「進來！」廣勛說了後，門開了。茶房搬了菜飯進來。他看看時表，九點半了。

他倆對坐著吃飯。他一連吃了四碗。她因為有點傷風，不想吃，吃了半碗飯就放了筷子。

「我們該走了。」她先說。

「怕士雄回來麼？」他嘲笑她。

「你總是這樣嘲笑我！怕什麼！？並且他不到下午一二點他總不能起床的。出來的時候不是對老媽子說到母親那邊去嗎？我想我順路到我母親那邊去，也可以解解嘲。」

她也笑著說，他點了點首。

十九

「你怕比我還急些呢。快想回去看你的老婆兒子吧！」她反笑他兩句。

「我就要到軍部裡去的，你不信就請你跟來看。」

他倆約了下次相會的日期，同出了旅館。他望著她乘了轎向他的岳母家裡去後，

他匆匆地走回家裡去了。

二十

嗣後他倆利用了種種的機會在市外的幾家旅館裡密會了好幾次。每次相會，美瑛都盡情的享樂。廣勛也應著她的希望，加以頻繁的熱烈的——熱烈的程度幾近於殘虐的——擁抱，他所加的愈熱烈，她愈感著不滿。她自己也不明白對他的慾望何以會這樣無厭足的。到後來她發見了她對他懷不滿的暗影了。她幾次想把他咬成一塊一塊的，又想把他裂成一片一片的，然後她的熱烈的似恨非恨似愛非愛的情緒才能平復。

過了新年又近元宵佳節了。她和廣勛有三星期不見面了。正月十七那晚，他倆又約了到去年最初相會的旅館裡來。茶房開了房子出去了後，美瑛看見廣勛就像鐵釘碰著大磁石般的投身向他胸部來。他也燃著情熱把她緊緊地摟抱著，他的赤熱的頰貼到她的頰上來。

「你的嘴角這樣冷，冰般的。」

她沒有答話，兩行熱淚即由眼眶裡滾流到蒼白的冷頰上。廣勛莫名其妙的，不知道她一見面就會這樣悲傷的緣故來。

「為什麼？為什麼這樣傷感的？」他微笑著問她。她看見她的熱淚能感動的他在微笑，心裡越發傷感，越發悲憤。她把頭更深深的埋在他的胸懷裡去，雙肩不住地抽動。她暗哭了一會，才抬起頭來。

「你莫不理我。你若不理我，你就要明明白白的對我說。你若對我沒有愛，你就明白的對我說。我絕不勉強你的。勉強裝出來的愛即是罪惡。」

「美瑛，說些什麼話？」

「望你恕我的唐突。只這一點，望你發個誓。敷衍的戀愛，在我是很難堪的。」

「我有什麼敷衍的。」

「你這樣的說法，我不願意聽，你要明白些說。」

廣勛雖然熱烈的抱著她，但她總覺得他不能像最初的二三回擁抱她時候的野獸般的熱烈。她只承認他近來對她的舉動完全是所適非人的女性的一種溫柔的安慰和同情。她雖然不是不喜歡，但總覺得就這樣的，她不能滿足，她承認她和他的交遊完全是種越軌的享樂。——這次在供男性的犧牲時……她想到這點，她的熱淚重新流出來。

她早就想向他提議。提議今後對妹妹的方法，他雖然對她說了妹妹的壞話不少，但她只當是他的一種敷衍話。有妹妹在她和他的中間，他倆的戀愛就值不得讚美，結果只有詛咒，她也想向他懸崖勒馬的宣告脫離，但自己苦於沒有這種勇氣。自己的肉身一經他施洗禮之後，若除卻了他，她的生存就無意義了，一切都歸幻滅！她又想，妹妹還算是個貞淑純良的女性，把他從妹妹奪取過來，又覺得妹妹太可憐了。因此她好幾次想向他提說都沒有說出來，她只恨他不自動的把對付妹妹的方法提出來討論。

「士雄說，他在這月內要到緬甸去走一趟，的確不的確？」

「因為那邊橡樹園的事還有點糾纏不清，要去結束一下。大概月底就動身吧。」

「那麼我們可以自由些了。」

「恐怕更不自由呢。他走了，他們家裡人就要留心我的行動了。所以我想等他走了後，回我母親家裡去住。」

「他怎麼不帶你一路去呢？」

「他有不能帶我一路去的理由。」

那晚上她也想盡情的歡樂。但妹妹的幻影——餵乳給小孩吃的美瓊的瘦弱的幻

二十

影，時隱時顯的在她眼前浮出來。廣勛疲倦了後熟睡下去了。但她反興奮起來，她的頭腦愈疲勞愈睡不著，她愈想愈替妹妹抱同情。

——妹妹只當她的丈夫有事不得回來。至多，也不過當他在我家裡賭麻雀去了吧。他像告訴了妹妹，賭輸了時，我常借錢給他。妹妹有好幾次向我道謝，一面道謝，一面罵她的丈夫。她那裡知道她的丈夫已經賣身給我了呢。

不錯，一點不錯，他是想我的錢來的。至少，他近來有點這樣的形跡。但我怎麼能說出口去責備他呢？我也不忍說出來叫他難堪。我實在愛他，盲目的愛他！明知他沒有真心向我，但我無論如何捨不得他。我愛他的熱烈的擁抱，受他的強有力的壓迫。我的這種萬不得已的苦衷唯有上天知道！妹妹，望你恕我！我並沒有破壞你的小家庭，也沒有掠奪你的幸福！你的家庭幸福依然存在的。我只一時的掠奪了你的丈夫的軀殼。並沒有掠奪你的丈夫的心。他的心還傾向著你，永遠傾向著你！我才是你的丈夫的犧牲者呢，你說你恨你的丈夫麼？你不過是口說恨他，不是真心的恨他吧。他今晚上雖然睡在我的身旁，但我才真的恨他呢。他在這裡熟睡著，你在那邊熟睡著，他——剛才還摟抱著我的他，在夢中去看你了吧。只剩得我一個孤獨者深夜裡還醒眼坐在荒涼的郊外的旅館中，沒有人理會。她想到這裡，禁不住把臉埋在雙掌中悲哭起來。

室外的風呼呼的吹得愈強烈起來，但立了春許多日數了，房裡的氣溫不十分冷。美瑛一個人走下床來。她站在床前翻轉來看在床裡熟睡著的廣勛，她恨他太沒有感覺，太沒有神經了。

——像這樣死人般的熟睡著，誰相信他是真心愛我的人！像他這樣冷淡的對我，豈能為我犧牲妻子！

她恨恨的望了他的睡顏一會，走向衣架邊來，她把外衣披上。他的外套，反領外衣都掛在一起，她禁不住把臉埋進他的衣服裡去深深地嗅了幾嗅，那種臭氣還是和從前一樣的給了她一種刺激——使她的感官上得著滿足的刺激。

她嗅了後，無意中伸手向他的外套衣袋裡去她摸著了兩包東西，一個袋子裡一個。她想這是什麼呢，莫非是買的食品忘記了拿出來吃麼。她忙把那兩包東西拿到電燈下一個個的拆開來看，第一包拆開來是一個洋鐵罐頭的 Lactogen 代乳粉，第二包是一雙女鞋和一隻小金錶，美瑛看見這些東西，胸頭似酸非酸似辣非辣的異常難過。她

二十

想他近來賭贏了吧。他買隻小金手錶給他的老婆呢。

——輸了的時候向我要錢。贏了的時候買東西給他的妻子。她愈想愈氣不過，她真想把那個金錶打破，那雙鞋子撕破，那罐代乳粉丟到窗外的茅廁裡去。但過了一會，憤恨稍為平息了，她想擒不住他的心，就把那些東西來洩氣也是徒然。讓他帶回去給妹妹吧。平心說來，我實在對不起她了。

她把東西包好了後，放回他的衣袋裡去。她仍回到床上來，看見他還在呼呼地熟睡著。在電光下看他的團團的赤色的無邪的臉兒，有一種健康美和筋肉美相混和的美在向她誘惑。她就在他的紅熱的頰上接了個吻。他睜開眼睛來向她微笑。只一瞬間，他在擁抱了她。在他抱中的她忘記了剛才看的金手錶、女鞋和代乳粉了。

二十一

正月杪，士雄和幾個水客動身往南洋去了。士雄去後廣勛有幾次在她家裡歇夜過來。她家裡的老媽子當然看出了他倆的關係，就是鄰近住的人也對他倆懷疑。

美瑛家裡自士雄走後，一班菸客和賭客就絕了跡。雖然有幾個對她懷著奢望的年輕賭友曾來著過她兩三回，但都經不住她的冷淡，絕望的不再訪她了。

時雨時晴的仲春天氣使她生理上有點變態——她近來像患了歇斯底里症，哭笑無常，時喜時怒的美瑛的心情倍加懊惱，每值陰曇的天氣，房子裡異常幽暗，美瑛一個人痴坐著只感著孤獨和冷寂。她在這時候就恨廣勛。恨他不常常來看她。其實他來了，自己所得的安慰也不難想像出來。盡情的享樂之後唯有疲倦和厭煩。他多來一回，自己就多增一重的懊惱罷了。

在廣勛的意思，過於頻繁到她家裡來了，遇著附近住的人實在不好意思，所以這次約她同去看戲，看完了戲就到郊外的旅館裡去。

二十一

他倆由戲院出來時，由傍晚時分下起的細雨也晴了。夜深了，並且是雨後，戲院前的熱鬧的大街道上也沒有幾個行人。他倆站在戲院門首還聽見裡面鑼鼓喧天的。鑼鼓喧鬧了一會後就聽見絃管之音異常的嘹亮。他倆的興奮極了的神經突然的受了冷空氣的襲擊，冷靜了許多，戲院門首只有三五輛人力車，車伕蜷著身體蹲伏在車下打盹。

「車子！」廣勛叫了一聲。一個車伕驚醒了站起來。只一會，其他三四個也站起來，拖著車子走到他倆前頭來爭生意。

「到哪裡，先生？」

「到哪裡，太太？」

「西郊的W旅館！」廣勛對先頭一個車伕說。

「好的，請坐，請坐！」

「多少錢？」

「四角錢！好不好？」

「瞎說！那裡要四角錢，只一點點路。」他笑著說了後翻轉頭向她，「幸得路不很溼，我們都穿了皮靴來了，走到××口再叫車子吧。」他說著向街路里來，她也跟了來，撩起裙腳跟了來。

她抬起頭來向上望。灰白色的雲疏疏地一堆堆的浮在蒼空裡。新月之影朦朧的在薄雲中現出來。上面的雲不住地在移動。氣壓像再高起來了。飽和著溼氣的風觸著肌膚異常的冰冷。

「三角五分錢。要不要？」車伕們在後面叫他倆。

「二角錢！」廣勛翻轉頭，伸出兩根指頭來。

爭論了一會，因為美瑛急於要坐了，答應了車伕三角錢拉到西郊W旅館。價錢講妥了後四個車伕爭先恐後的拉著車子走前來。他倆上了車後，聽見沒有攬到生意的車伕說些女人不方便聽的醜話罵他們的同業。

車門雖掛著一塊厚油布，冷風還呼呼地吹進來。美瑛坐在車裡閉著眼睛，她的左右手互摸著指頭，她的指頭很冰冷的，也很枯澀的。她想到旅館裡後的一幕雖有點興奮，但再想到興奮後的苦惱。她的熾烈的情熱也循著吹進車裡來的冷風冷息下去。她覺得他雖然睡在自己的身旁，但不過是一副軀殼，是一副肉的機械。他的心始終沒有半點傾向著我。自己在這世界中是離隔了一切人類的孤魂。有何樂趣？有何希望？為誰而生存？為誰而強作歡笑？

二十一

到了旅館的房子裡，已經十一點半了。

「要吃什麼點心不要？」茶房問他們。

「你覺得餓不餓？」他問她。

「不。不過我有點冷，叫他拿瓶葡萄酒來喝。」

「我有點餓了。弄點麵來吃。」

茶房走了後，美瑛忙走到鏡櫥前，她看見自己的短髮散亂著，臉頰邊比平時特別的乾枯。他也走過來站在她後面。她對著鏡向他笑。只一會，她倒靠在他的胸上來，她的雙手給他的兩手捉著了，她感著他的手異常的灼熱。

她把自己的臉和他的紅熱的臉比較，自己的就像透明的那樣蒼白。她覺得偷偷竊竊地向他求這種祕密的生活是無永久性的。和他多周旋一夜，自己的運命就多蒙一重的不幸，自己也更深深的沉進苦惱的海中去。她想到這層，立即斂了笑顏。

茶房送了一盤麵一瓶酒和碗筷上來了。茶房下去後，他就擁抱著她同一個酒杯喝著。他咬著她的耳根低聲地說了許多甜蜜的話，美瑛的情熱又忽然地熾烈起來，她給了他一個熱烈的接吻。才鬆嘴，廣勛不知不覺地打了半個呵欠，但立即忍下去了。這樣的情景在她的網膜上沒有半點遺漏的留下來了，她覺悟了，她覺悟到這種歡娛已經越過了曲線的最高點了，往後只有低降。但只能暗暗地嘆息。她原希望築一座歡娛的宮殿，但不幸的是這座宮殿像蜃氣樓般的瞬間消滅了。

這晚上雖在廣勛的懷抱中，但她沒有一點歡意，也終夜沒有一睡。

快要天亮的時候，廣勛給她的哭音驚醒過來。

「你還沒有睡麼？你傷心什麼事？」

「……」她不說話，還是哭。

「你說出來，我有什麼不好？就算我有錯，你也得說出來，我才明白。」他的說話裡就帶著不少厭倦她的分子。

過了一會，她止了哭。

「廣勛，你要快點替我這身子想個方法！」她這一句把他嚇了一跳。他對她本沒有徹底的計劃。他不過想從她貪圖點異常的娛樂。現在他覺得姊姊也和妹妹一樣的尋

二十一

常了。

「什麼事？」他裝做不知道怎麼一回事。

「我想，我們不能再站在這個地方了。你從前不是說能夠和我到別的地方去麼？」

「但是……」他打了一個呵欠。

「但是什麼？你怎麼不正正經經的聽我的話？」她捏著他的耳朵說。

「我沒有什麼不正經。你說就是。」他笑著說。他想當成一種頑笑混過去。

「你為什麼……」她沒有說下去又開始流淚了。

「你不把話說清白，總是哭，叫我有什麼法子！」

「我們一路到H埠或到南洋去好麼？你只向家裡說到那邊做生意去。真的我們到海外謀生活去。要在海外我們才能夠得自由的新生活。」

「但是……」

「但是什麼？又說『但是』了。」她恨恨的說。

「我走了後，你的妹妹帶著一個小孩不容易謀生活。」

「那，你還愛她！你對我說不愛她的話是假的了。你說愛我的話也是假的了。」她又流淚了。

「不是這樣說法。她們母子不要飯吃麼？」

「你只記得飯碗問題！我不是答應你留五百元給她麼？」

「但是……」

「又『但是』了。」她到後來只有苦笑。

「讓我考慮一下。過幾天答覆你，好不好？」

「結局你還是捨不得你的妻子！」她覺悟了般的嘆了口氣。

「……」他很不好意思的沉默著。

天亮了，微明的晨曦射到窗上來了，窗外的小雀在啁啁嘖嘖地唱它們的歌曲。她翻身坐起來。

「各人走各的路吧。」她自語的說。

「什麼話？」他也微笑著坐起來想摟抱她。她伸出隻手來攔阻他了。

二十一

「我還是到緬甸去，至死都不回來了。我要向他懺悔。」

「你想把我們的祕密告知士雄？」

「有什麼可守祕密的？遲早是要洩漏出來的！遲早會給人知道的！我們就把它守祕密也守不來。」

他給她嚇得說不出話來了。他像給她宣告了死刑。至少，這件祕密洩漏出去了後，在這地方他再站不住足了的。她看見他的恐慌的樣子，不禁暗笑起來。她想，他完全是個徒有外表的怯懦者！

二十二

上午十點前後他倆在公園裡來了。他別她的時候對她說，他絕不至於對不起她，望她再忍耐幾天，他定有可以答覆她的回話。

在公園門首她一個人痴站了一會，想就回家裡去，但心裡總有點不願意，也有點害怕因為家裡實在幽暗，像墳穴一樣的幽暗，也實在冷寂，像墳穴一樣的冷寂。等他幾天麼？恐怕坐在家裡一刻都難過呢。

她雇了一輛轎子到她母親家裡來。走進門來叫了一聲，不見有人答應。她想運氣不好的人到什麼地方去都不湊巧，母親像不在家裡。她叫了一會，老媽子才從後院子裡出來。問老媽子母親到那裡去了，老媽子說母親出門時沒有告訴她，於是她再乘轎子回城裡來。

她回到自己房裡來就微微地打了個寒抖。她忙叫老媽子生火爐。

「我出去後有客來了沒有？」

二十二

「昨天沒有客來。上午少爺來了。在房裡坐了一刻就走了。他問老爺有信來了沒有。」

她聽見阿和來了。背部像給蠍蟲咬了一口般的打了一個寒噤。她想士雄沒有走時，阿和常常由村裡出來。自他父親走後。他很少出來了。雖然來過一兩回，但都是十二點前後來的，由村裡到城裡來有相當的路程了。怎麼他今天來得這樣早呢。她想到他那怪醜的樣子，心裡就作惡。他那對黑白不明的眼睛時常在凝視著我，異常討厭的。他的像獵犬般的東嗅西嗅愛探取人家的私事的性質，像他父親一樣的強烈的嫉妒心、猜疑心和蛇一般的固執的性質，她又很害怕。她想一定是他的祖母叫他來偵探我的行動的。

她想到他的固執的一個例來了。他始終不承認她是他的繼母。他對她還是照小時候稱呼，叫她瑛姑。曾經他的父親多次的勸解，他都不聽從。他對她沒有叫過一回媽媽。

他十七歲了，但他的骨格像他的生母一樣的粗大，面貌也像他的生母般的醜惡。頭腦又鈍，在小學校勉勉強強地畢了業後不再升學了。他只在村裡和一群頑童遊戲，打架，賭錢，喝酒。他的身體粗壯，雖是十七歲，但看來有十八九歲了。他的祖母正熱心的托媒找孫媳婦了。他近來竟跟著村裡的不良少年到僻靜的地方調戲婦女起來了。看見稍有姿色的採樵的女人就要唱幾句山歌向她們調情，有時竟大膽的伸手到她們胸前去。

今年過新年的時候，美瑛因為要敷衍士雄，表示她並不討厭阿和，阿和過來向她作揖時，她就牽了他的手攔阻他不要多禮了。但他看見他父親轉了背，竟趁勢靠近她的胸前來，把她嚇了一跳。她當時就猜他是有惡意的。但過後她又笑自己神經過於銳敏了，這種舉動不過是他的小孩子脾氣的表現罷了。但她對他總有點害怕。

她沉思了一會，老媽子把爐火生好了。

「你怎麼對他說呢？」

「是的，他問你什麼時候出去的，到什麼地方去了……」

「你怎麼樣回答他？」

「我說你昨天下午出去的。到魏家去了。照你所吩咐的說。」

她想，阿和總不至於到魏家去問我昨晚上來了沒有吧。自己錯了，今天一早就要

二十二

到母親家裡去，不該和廣勛到公園裡去的。廣勛早就想跑的，自己故意作難他，拉他到公園裡去的。不會去吧，阿和定是到街上賭錢去了，或到什麼地方喝酒去了。他說不定晚一點還要到這裡來呢。她想，他是達了年齡的，生理上起了變化的，說不定他不在追尋異性。生理上初起變化的人的這種衝動是很強烈的。他定在熱烈的追逐異性。但是像烏鴉一樣的黑，牡牛一樣的粗大，大猴子一樣的醜的阿和，有那個女人情願看他呢。說不定這是他來看我的原因。她想到這裡又好笑，又好氣，同時雙頰也忽然的發熱，背部也感著一種惡寒。

那晚上她孤冷冷地一個人睡在一張銅床裡凝視著電燈，直到深夜兩點鐘還睡不下去。她思念起廣勛來了。她忙熄了電燈，但在黑暗裡她的思慮更複雜了，她再把電燈開上。

她愈想愈氣不過，自己雖然有點對不起妹妹，但廣勛就十二分對不起自己了。莫說沒有整個心兒向我，就連半個，四分之一的心都沒有給我。他的心完全向著他的妻子。他只當我是件取樂的機械。但是自己明知他沒有真心誠意，但還不能拒絕他，生理上完全受著他的支配了。自己的希望是每晚上能夠和他接近。至少，也得和妹妹平分，隔晚他應當到我這裡來。但這在事實上完全是不可能的。他每晚上都擁抱著妹妹吧，妹妹——體弱的妹妹討厭了他吧。他以餘剩之力來和我周旋吧，今晚上他定在擁抱著妹妹呢。妹妹為家裡的瑣事操作了一天，疲倦之後就餵著乳睡下去了吧。他的要求，給渴望著酣暢的睡眠的妹妹拒絕了吧。妹妹曾對自己說，雖帶點浮誇，但也有八成的可信，她實在討厭了他，她對性交感不到半點興趣，結果只有可厭的疲倦。妹妹又說，他如果有能力養妻子，就讓他娶妾，她也不干涉。所謂丈夫沒有一個靠得住的，只有可靠的父親，沒有可靠的丈夫；她和他的感情全靠她的小孩子替他倆維繫著的。

她想，昨晚上不該迫他的。要求他馬上離開妻子，和自己一路到南洋去，這是她明知做不到的，又何必去試探他呢。不這樣的迫他，他明後天或者可以來看我。現在他怕不容易來了吧，錯了，錯了，他不知要到什麼時候才能來了，叫自己如何挨得過去呢。

快要到天亮時她才闔眼，睡下去後直睡至正午時分才起來，她起來看掛鐘已經十一點四十幾分鐘了，她洗漱了後回到房裡來打算用早膳。待叫老媽子，老媽子已經走進來說，少爺來了。美瑛嚇了一跳，一時說不出話來。她怕自己的驚惶的樣子給老媽子看出來，不好看。忙定一定神，但她看見老媽子站在房門口望著她狡笑。她覺得

二十二

老媽子的狡笑是含有毒意的。她想怎麼會這樣湊巧的，自己才起來他就來了。她覺得阿和是早來了的，又起來時彷彿聽見老媽子在她房裡和哪一個低聲私語般的。莫非阿和和老媽子講通了來共謀自己麼。

美瑛實在有點怕阿和是他的祖母唆使來偵探自己的行動。士雄的財權大部分交給美瑛了，只有村裡的田地和幾間小店子的店租是由他母親直接管理。在城裡的幾間大店子的店租和湊的生意的股息完全交美瑛收管。士雄的母親對這件事是十二分的不歡喜。但士雄的摺子和股票都給美瑛鎖起了，也想不出方法來要美瑛交出。士雄還沒有走時，阿和曾來過幾次。士雄和她在房裡說話時，阿和就在外邊竊聽，這是老媽子告訴她的，阿和有時又走進房裡來，站在美瑛的箱子櫥子旁邊，像很注意箱口和櫥門上的鎖頭，想偷什麼東西般的。

——幸得我的箱子和櫥子沒有一時一刻不鎖著的，不然，股票和各種摺子會給他偷去了吧。他定是賭輸了，想來偷什麼東西的。我要更加留心提防他才好。這個討厭鬼又來了，拿幾塊錢打發他算了。

她正在痴想，那個像牡牛一樣的粗壯，像烏鴉一樣的黑的阿和走進她面前來了。

二十三

美瑛看見阿和在她面前作一種奸笑，沒有一點規矩，心裡就有點生氣。

「你昨天來了麼？」她很正經地問他。

「來了。瑛姑不在家，到哪裡去了？」阿和露出當門兩顆黃牙望著她笑，口涎像要流出來般的，她看見他那猙獰的樣子，心頭就作惡。

「到什麼地方去，要你管？！」她當然不能告訴他昨天到的地方，也不願意說謊，只能這樣反射的回答他。

「許久不見瑛姑了，我走了來，你又不在家，叫人心裡不舒服。」他還是嘻笑著張開口向她。

「你來有什麼事？」

「瑛姑穿著旗袍的樣子怪好看，我是專來看你的。」他走近她的床前在床沿上坐下去了。

二十三

她想這個兒子有點像白痴。他穿著黑呢的學生服，上衣滿蓋著頭垢和塵埃，褲腳也滿染著泥垢。她看見他不客氣的坐到床沿上去就緊蹙著眉頭說：

「你的衣裳這樣齷齪，快下來！那個椅子上不好坐麼？」她說了後站起來拿了一把椅子放得離她遠遠的叫他坐。

阿和很柔順的聽她的話站了起來，坐到那把椅子上，「你床上莫非有金狗子，怕我偷了去。」他還是嘻笑著說，一二滴涎沫真的由唇角流出來。他隨即用他的滿塗著黑垢的手去揩。

「我真的怕你會偷我的東西！」她沉著臉望了望他，就翻轉去不情願再看他了。

「你怕我偷你的什麼東西？」他還是笑著說。

「我房裡的東西都怕你偷了去，你還是少來這裡好些。」

「我少來這裡，你可以多到外頭去，是不是？」他的笑聲更響亮了。

「你多來了，我就不敢出去麼？你說話真好笑。」

「父親臨走的時候和我說，要我常常來看你。」

「祖母叫你來的吧。」

「是的，她也要我來。」

美瑛聽到這裡，心裡又不舒服起來，老媽子送了麵包和牛奶進來。她和他不說話了。老媽子出去後，他就過來抓了一片麵包塞進口裡去。

「你看，成什麼個樣子！？」她罵他。「沒有一點家教！」

「我是吃你的？」他一面咬著麵包一面說。

「管你吃哪一個的！在我這裡，我就要說。」她覺得這樣頑皮的人真無法處置，趕他，他是不走的。

「瑛姑家裡人不知吃哪一個的。」他嘻嘻的笑起來，笑聲更響亮了。說了後凝視著她，她望見那種樣子就有點害怕。

「什麼話？」她臉紅紅的說。她很擔心的，因為他的說話裡別有用意。定是那個老媽子愛瞎說，告訴了他什麼話。等他走後，非開除她不可。

「我沒有說什麼，我問你昨夜上到什麼地方去來。」他走過來拿美瑛喝過了的牛奶盅。

二十三

「你要喝，叫老媽子沖給你。你這個人真無禮！我看你發狂了！」她伸過手來奪那個牛奶盅。

「瑛姑喝過了的才好吃呢！」他已經把牛乳盅送到他口邊去了。美瑛氣得臉上紅一陣青一陣。

「你真是個瘋子！十七八歲還這樣的不知羞恥，不懂規矩！只有你那個不長進的父親才生出這樣的兒子來！」

「我不知羞恥，我是瘋子，一點不錯！要黃廣勛生的才不是瘋子，才知羞恥。」他脣角流著涎沫似笑非笑的站了起來。

「……」美瑛知道自己的祕密完全給他嗅住了，氣得說不出話來。雖然恨他恨到極點了，但不敢和他決裂，她的臉像硫黃般的青青的凝結起來了。

她只睨視著阿和，她的眼、鼻、頰都一同微微地顫動起來。

她和他沉默著互相凝視了好一會。

這時候的美瑛的蒼白的臉在阿和眼中是異常妖豔的。

「老媽子向你瞎造了些什麼話？你莫信她！」美瑛勉強地抑著氣憤低聲地向他說。

「老媽子的話聽不得，本人寫來的信總靠得住吧。」他再流出口涎來笑著說。

美瑛的眼前起了一陣暈眩，像快要跌倒下去般的。她的臉埋在她的雙掌裡。但只一瞬間，她忙走向書案前去打開抽屜來。她檢查了一會，她發見了她失了幾封信，她的臉色更蒼黃的，雙腳不住地打抖。

「你這個賊！偷了些什麼東西去了！快拿回來！」她聲音辣辣地說，把阿和嚇了一跳。他看見她快要流淚般的表現出一種悲哀的表情來，和剛才的氣憤的表情完全不同了。

「我偷了你的什麼東西？你時常怕我偷你的東西，箱子櫥子都鎖住了。我偷你的什麼東西？」阿和還在奸笑，他想，他站在勝利的地點上了。

「快拿來還我！我抽鬥裡的幾封信你拿到哪裡去了呢？」她的說話中已經含有不能再抵抗的微弱之音了。

「我不知道！」他還在作殘酷的狡笑。

「你到底要多少錢，你說出來，我可以把你。你快把那幾封信還我。」美瑛感著自己的呼吸異常的急促，她的四肢也無氣力了，她又倒在椅子上去了，她有點喘氣不過

二十三

來。她只雙目直視著阿和。凶頑的阿和到這時候也不敢正視她了。他覺得她的淒愴的臉色很可怕。

「誰要你的錢?」阿和低著首不望她,顫聲的說。

「你又不要錢,你拿那幾封信去幹什麼?」她也顫聲的說。

「我有我的想法。」他再仰起頭來看她,他看見她的臉兒很淒豔,有些可怕也有些可愛。

「有什麼想法?快說來!」她像要哭了。

「我找黃……」他說著站起來想向外跑,他的像蛇一樣的怪性質實在使她害怕。她忙跑過來捉住他的臂膀。

「你要我怎麼樣?」

「瑛姑自己做過了的事不會忘記吧。問你自己,」阿和走近床邊背過臉去。她望著他的後影——怪醜的後影,發生出一種好奇心來。

她紅著臉凝視著他不說話。他又聲音很低的說了些話,她差不多聽不清楚。

「那些信件在你身上麼？」她過來想伸手探進他袋裡去。

「不行的！就這樣的想拿回去是不行的！」他也伸手抵抗她。她駭了一驚，忙躲過一邊。

「我看你要遭雷打！」她似笑非笑的顫聲說。他沉默著向她作奸笑。她感著自己周身在發一種惡寒。

「你絕不把它給哪一個看麼？你要發誓！」

「我把它燒掉就是。」她覺得他像蠍蟲般的在她身後蠕動，又像癩蝦蟆般的在蠢動。她同時聞著一種臭氣。

二十三

二十四

一連下了一星期的霪雨，美瑛在家裡悶悶的不能出門。她覺得自己身體近來更不好了，最明顯的症候就是腰痠頭痛。有時候又發船暈般的嘔吐起來，一天睡在床上不能吃飯。她在病中阿和來看了她幾次，她很厭煩的趕他回去。

她恨廣勛太冷淡了。一別兩星期還不來看她。她雖然恨他，但又很想見他，她念及他就垂淚。她像患歇斯底里症患得重，有時竟想自裁。她覺著她的不幸了，最初想求個理想的丈夫，真心愛護自己的丈夫，把婚期耽誤了。到了後來為避社會的訕笑計，草草的嫁給僅存一副殘骸的士雄。在士雄家裡，不單度的非戀愛的生活，並且生理上也難得滿足的安慰。她幾年間蓄著的戀愛之力找不到可以作用的對象，一遇著廣勛便一洩不能收拾。到現在她知道廣勛不是她的理想的戀愛的對象了，但生理上卻受著他的支配。她苦悶之餘，差不多要發狂了。近又為保全廣勛的名譽和避免社會與宗族的制裁，她不能不忍受阿和的揶揄。社會的毀譽她本可置之不理。只有宗族的

二十四

制裁。她想起那種殘酷的制裁，她就不寒而慄。村裡鄰屋的一個女人，生了兩個孩子了。她的丈夫赴南洋做生意，一去三年並不回來見她，她就和村裡的一個少年發生了戀愛的關係，到後來給她丈夫的族人發見了，就按村中的習慣把她捆縛在一個石柱上。凡是族人在她面前走過去的都可以提起藤鞭子來抽她。平日恨她的人竟有用錐子去刺她的。妻有外遇，丈夫的族人是有這種特權的——得任意鞭撻那個女人的特權。美瑛曾目擊過這樣的情形，她看見鄰屋的那個女人給殘毒的幾個老婦人——平日對她有仇恨的老婦人——用錐刺得周身鮮血淋漓。她想，如果照村中的習慣法，她已經犯了要受此種極刑的罪了。到祕密發洩出來的那天，第一個向她加侮辱的就是自己的婆婆和她的孫兒阿和吧。想到這種殘酷的極刑，她終竟屈服於阿和的威嚇之下了。

她想到自己的身體受男性的蹂躪復蹂躪，早失了生存的意義了。自己原想求安慰享樂的。所得的結果只有煩惱和悲哀。就繼續生存下去，在人生上邊沒有什麼價值的了。她想，欲從煩惱和悲哀中把自己救出來，只有自裁之一法。自裁是解決一切煩惱的最善的方法！愛惜為己為人全無意義的生命是種罪惡！

她的頭痛，腰痛及暈眩等病徵一天一天的明顯起來了。有時下腹部也刺刺地作痛，她到教會醫院去，叫一個女醫生診察了。醫生說，她像有了孕，不過還不能十分確定。因為下腹部的作痛有點像子宮患了什麼毛病。但神經衰弱症是很明白的。醫生給了她兩瓶藥水，叫她下星期再來給她診察。

她本來就有點懷疑自己是有了身孕，經醫生的解說，雖說不能十分確定，她愈相信自己是有了小孩子。去年和廣勛第三次相會時，她就直覺著自己已經受了孕，她想到這裡，她不能不痛哭自己的運命的離奇了。

她盡在望著廣勛來，想見了廣勛後把一切告訴他，和他商議一個善後的方法。

她和廣勛初次相會時，也曾預想到有這一天，她說笑般的徵求過他的意思。廣勛最初主張墮胎，但她反對。商議的結果只有把嬰兒暫歸士雄負責，她雖然不十分情願，但捨此別無更好的辦法。

到今日他們的預想終成了事實了。她想把這個嬰兒歸士雄負責也未嘗混不過去，但太便宜了廣勛，並且她總希望有可改革自己的運命的方法。她想來想去，也想不出什麼好方法來。她的結論還是要求廣勛和她一路潛逃，逃到舊社會的勢力所不能及的地方去。明知廣勛無答應她的可能，但她還循環著希望。

二十四

美瑛再等了幾天還不見廣勛來看她。不單人不來，連信都不給她了。她再挨不住了，打算自己到妹妹家裡去看他了。她想立即去，但看見時候不早了，她準備明天一早去看他，向他作最後的談判。

吃晚飯的時候，老媽子送了一封信進來。她望見那封信的信封是廣勛所常用的，她的胸口不住地悸動起來，她想一定是他約我到那一個旅館去相會的信了，她又感著一種抓著了癢的快感。

她沒有把封面的字跡認清楚，就把封口撕了，裡面掉來兩張信箋來，但是不同式樣的。她先揀了一張展開來讀，信裡面幾句話是：

「黃太太，你家裡的老爺沒有一天不到凌公館你的姊姊那邊去。他倆時常到西郊旅館裡去歇夜。通縣城人都知道了他倆的醜行為，只瞞著你一個人了。他倆也還不知道，人家都曉得了。他倆的大禍就要臨頭了。知者具。」

美瑛讀了這幾句雖然不甚得其要領，但也嚇得眼睜口開，一時合攏不回去。周身發了一陣惡寒，不住地打抖起來，她再展開第二張信箋，信箋在她的兩手中不住地震動，索索地作響。信裡面寫的幾行字是：

「姊姊惠鑒：妹命薄，所適非人，自與彼人結縭以來，無日不處痛苦中。唯念呱呱者在抱，無人撫養，故忍恨吞聲，暫為受罪。脫無此一塊肉，妹早與彼人離異矣。近聞彼人對姊又有非禮行為，妹悲憤已極，曾向詰責多次，乃絕不承認。唯人言嘖嘖，恐非無因，妹不忍坐視姊再受彼人之累，故冒昧函告。即姊如愛自身或愛我亦當拒彼人，勿使近姊；則妹感激無涯也。附上匿名信一緘，以供參考，妹瓊上言。二月五日。」

美瑛看完了妹子的信，像受了死刑的宣告後的囚徒，有了死的覺悟，心境反覺沉靜起來，頭腦也冷息了許多。

——一切罪惡都要歸到我一個人的身上來了。我代你們負擔吧，負擔你們的一切罪惡吧。讓你們都自由去。我的一身本不難自決，不過裡面的小生命太可憐了。最可笑的就是妹妹。她說因為有小孩子，不能和他離異。那麼我裡面的小生命該誰負責呢？不如直直捷捷地罵我「不要引誘我的丈夫！」還爽快些。人類是帶一副假面的殘忍的動物！人類是自私自利的！人類都是偽善！為圖自己的功利、虛名就犧牲他人的生命亦漠然無動於衷的。好了，我覺悟了，我領受了一番教訓了！我做你們的犧牲者

二十四

吧。我祝你們繁榮，我祝你們勝利！只要你們能夠繁榮，能夠勝利；就犧牲了我這個人，亦無足惜！我自甘於孤獨，自甘於敗亡，自甘於死滅！你們喜歡了吧！你們遂了心願了吧！她冷靜的想了一回後，禁不住自己發出一種冷笑。她想，我狂了吧。至少我的精神狀態起了變化了。她自己冷笑了一會後又流著熱淚欷欷的哭起來。

——在這世上再沒有適當的事業給我做了。我也無能力為社會服役了，半死的殘軀，還有什麼氣！我承認我是枉生於世的人了。不過我還不情願即死，不能這樣輕易自裁！我還有一件重要的責任未了呢！我要把信賴著我，走到我懷中來的小生命保育成熟！這是我的唯一的責任！我不能因為犧牲自己就並犧牲了他——或她。

但是像這樣冷酷無情的社會，小孩子就生育下來也要受他們的欺侮和壓迫吧。結果還是他——或她的不幸。想維護他——或她，不是反害了他——或她麼？美瑛想到這裡，又覺得母子一同犧牲的好，使一些都得解脫。

二十五

美瑛覺悟到故鄉無所用其留戀時，恰好接到士雄來信要她和阿和都到南洋去。士雄要她出緬甸去是因為他自己不能即刻回來。他要阿和到那邊去是叫阿和去學習生意，不要再在村裡游手好閒做不良少年。

她想到緬甸去走一趟也好。她本對士雄無愛，但一個人住在失戀過來的地方，觸目的情景——都能使她傷心。多住一天就多受一天的痛苦。她想到南洋去遊覽一回，看能排除這種悲痛不能，故鄉的地方，她再不能住了。

——已經負了重傷的自己的心再無恢復希望了吧。管它能恢復不能恢復，就是死，我也到國外去死，不再回來了。我死了後，我的遺骨也不許他們帶回故里來。我恨故鄉的一切了。最可笑的是廣勛，自那天向他提出要求後就不敢再來見面了。她愈想愈覺得他可恨，同時對他的怯懦的態度也加以鄙視。她雖然恨他，鄙視他；但臨行之前又有點想見他一面。他的面影像在自己心上烙了印般的留了個很深刻的印象，精

二十五

神上時時刻刻都受著他的支配。她想著懷中的胎兒就推想到廣勛來。

她終於沒有會著廣勛就動身了。

二月中旬天氣晴和的一天，她和阿和跟了一個老水客由縣城搭乘小汽輪趕到海口H市來了。輪船到H市時是上午三點半鐘他們到了H市就進了一家有名的T酒店。她開了一間面海的特等的房子。阿和和水客的房子在她的房子的後面。他們就在T旅館等開往新加坡的輪船。

老水客由輪船公司回來說，還要等三天才有開往新加坡的輪船。美瑛是初次來H市的，她覺得自己縣城雖然繁華，終趕不上H市。因為H市的街道很整潔，商店也很宏麗。她想，離自己的故鄉這樣近，早要求士雄搬到這個地方來住就好了。她又想，廣勛能夠和自己在這H市租一個小小的洋樓共住，那就再幸福沒有了。她原站在騎樓上，倚著鐵欄眺望海面的大小不一的輪船和海岸馬路上來往的行人及奔馳的電車。想到廣勛，忽然的傷感起來，又無心眺望了。

吃過了晚飯，天還沒有黑下去她要老水客帶她到街路上看熱鬧去。阿和當然也跟了去。南地的H市在這二月中旬已經是很和暖了。她淡淡地化了妝後，換了一套輕鬆的春衣，她不住地注意她的腹部，她怕因此減少了她的美觀，她想時期還淺吧，看不出什麼變化來。

他們從三樓走下來，出了旅館，就向旅館左側的橫街進去，到裡面的內層大馬路上來。H市海岸的馬路趕不上內層馬路的熱鬧。

在商店前的通路上走時看見像廣勛的人，她的胸口就悸動起來。她想，真的在這地方看見他時就硬不睬他。可惜這個水客老了一點，阿和又醜了一點，不然我就和他們中的任何一個並著肩，手拉手的走，叫廣勛看見不好過，他看見我和別的男子手拉手的並著肩走會心裡不好過。跑到旅館裡來看自己時，那我又可以恕他的一切了。她想來想去。想不出對他復仇的方法來。復仇的方法只有找一個比他更標緻的男子一同去見他，同時可以對嘲笑過自己的妹妹復仇。不過和廣勛的關係。必要先得那個男人的了解。到後來，她覺得這些都是空想。冷靜地問問自己是不是真的這樣的深惡痛恨廣勛，自己又覺得自己的心理矛盾。假定廣勛還在自己的身旁要求什麼時，自己沒有拒絕他的勇氣吧。

她出來的目的是到在H市有名的S公司和W公司去購買衣飾和化妝用品，她走到服飾部來了。她站在大鏡前望望鏡中的自己，覺得近來憔悴了許多。她望著鏡裡的自

二十五

己的臉就摸摸雙頰，她看見雙頰很瘦削，也有點蒼黃——淡淡的粉色壓不住的蒼黃。她的頭不住的向左右翻看自己的肩後外衣穿得服帖不服帖。隨又側立在鏡前視察自己的側影。她覺得自己的姿態還很輕盈窈窕的。自己的長身玉立的倩影還有惹起一群年輕的男性的追慕的魔力吧。

但她總記掛著自己的臉色的蒼黃，忙又走進鏡前去，嘴唇感著玻璃的冷氣了，鏡中的自己的臉部陡然的給一種薄霧矇住了。她忙拿手中的手帕要揩那種薄霧，但已經凝結成針口大的滴滴的珠了。她把露露珠揩乾，自己把嘴唇緊閉著，再細細的把自己的顏色觀察，那種討厭的蒼黃的色澤過是襯在淡淡的粉膜下面很明顯的看得出來。她想，以後不要叫愛我的人走近自己，也不許他仔細的看自己的臉，他看出了我這蒼黃的顏色就會厭倦我吧。廣勛離開我，恐怕就是這個原因。她在鏡前痴站了一會，微微地嘆了口氣，到後來她覺得自己的窈窕的身材穿著天青色的上衣，純黑的裙還是很可愛的，自己就向鏡中的自己努嘴，很想摟著她接吻。

她翻轉頭來看見阿和站在喳喳地響的煤氣大光燈下凝望著自己，老水客靠著店臺也望著自己微笑。

「笑什麼？討厭的何老伯！」她感著自己的雙頰發熱。

「好看，好看！」何老伯摸著他的幾根鼠須哈哈大笑。

「討厭。」她斜睨了他一眼，臉紅紅的笑了。

她在S公司只買了一雙高跟皮靴。出了S公司，再向W公司來。

「在S公司揀不到你中意的東西，到W公司去更難了。」

「去看看總可以的。」

「說到太白樓去看熱鬧，不去了麼？」阿和跟在後面問。

「我還有點事，今晚上要到D灣找個朋友，明天去吧。」

「你不去，我可以和瑛姑去。搭往那邊的電車是不是？」

「是的，是的。搭往W街的電車直坐到終點，下來一問就找得到，那邊是S砂洲，有名的熱鬧的場所。酒樓妓館在那個地方的頂多。」

「我不到那個討厭的地方去！」她早就聽見S砂洲是狎邪的地方，她不願意去。

阿和站在她身旁張開口望著她，像很失望的。

二十五

有幾輛汽車在他們面前飛駛過去，她沒有坐過汽車，羨慕起來。她看見輛輛汽車裡面坐的主角都是碧眼紅毛的西洋人。

「我們坐汽車玩玩好不好？」她笑著望何老伯。

「沒有意思，沒有意思！花這冤枉錢做什麼事？到緬甸去不怕沒有汽車坐呢。」何老伯忙搖手反對她的提議。

「真的，有電車坐，已經很好了。你看車裡並不擠。」她指著正在他們面前駛過去的電車。

「你們婦人家還是坐黃包車好，你坐在電車裡，沒有座位時來了個西洋人，駛車的要叫你站起來讓給西洋人坐呢。」

他們在W公司看了半點多鐘，美瑛覺得腰部有點痠軟起來，說要回去。

何老伯送他們母子（?）到T酒店門首後，自己搭電車赴D灣去了。他說，要十一點多鐘才得回來。

阿和跟著她由二樓上三樓時，阿和顫聲的問她，「怎麼樣？」

「不行！」她臉也不翻過來看他。阿和給她叱罵了後口裡咕嚕了幾句。她雖然聽不清楚，但她覺得他是在罵她想念黃廣勛。她當做不聽見。她不等到何老伯回來，先睡了。

二十五

二十六

這輪船是定夜間十一點鐘拔錨的。吃了晚飯就清檢行李，七點鐘前後他們都上了船。

美瑛近來很喜歡睡，每到晚間八九點鐘她的眼皮上部像受著一種重壓睜不開，非就寢不可。她每早晨起來時眼睛也不容易打開，勉強睜開來對鏡一照，眼膜上都絡著無數的血絲。她看見她的緋紅的眼膜，心裡很不愉快，因為這會減損她的美的。

等到她睡醒來時，天色已經微明了。她走近窗口向外一望，看得見的只是渺渺茫茫的深蒼色的海面，波動著的海浪上面淌著許多白沫，但隨即散滅了。她想，怎麼就走得這樣遠了，看不見一片陸地了。

她因為要一個人占有一間房子，買了頭等的船票，何老伯和阿和共住一間二等艙房，在何老伯看來已經很闊了。若要他自己搜荷包時，他定買大艙裡的統艙票的。但阿和還是悒悒不樂，他想他該和她共住頭等房。

二十六

美瑛梳洗好了後走出船樓面來。她望望對面的海面邊，遠遠的像有蒼蒼的小島嶼，但不十分明了。太陽在海天界線上抬起頭來了，陽光直射到船的左舷上來。她故意的睜開眼睛望船左的太陽，她覺得眼皮像受了針灸般的作痛，她忙閉了眼睛，感著一種暈眩。她閉了眼睛靠著船欄站了一會再睜開眼望船尾那邊，黑煙水平的走向東北去，漸遠漸展開，煙色也漸微淡，到後來在遠遠的灰白色的雲中消失了。

二等艙房在船尾最後部，她沿著欄杆走向面尾艙的扶梯口來，她看見二等船樓上還沒有人出來。她想他們還沒有起來吧。

早膳的時候僕歐請她到餐堂裡去。食堂裡有兩張食臺，正中一張很長大的，圍坐著幾個西洋人。靠右窗下一張比較小的，滿圍著中國搭客，擠得緊緊的，女客只有美瑛一個人。她雜坐在這些男客裡面很難為情的。她後悔不該一個人買頭等票了。在二等客艙裡不至於這樣寂寞吧。

早膳後，回到自己房裡來時，何老伯和阿和先在房裡了。

「你們吃過了？」美瑛看見他們，像小孩子睡了一夜，第二天起來看見了母親時一樣的歡喜。只一晚上，她像有好幾天沒有見他們般的。

「吃過了。」何老伯坐在梳化椅上剝香蕉吃。

「我早和你們一同買二等艙票好了的。一個人在這邊又寂寞，又不便。並且有許多規矩我還不很懂得。」

「我勸你住二等，你又不聽話！和我們共一個房子有什麼要緊。你自己說一個人要一間艙房，只好替你買頭等了。二等艙裡也有兩間單房，但都給外國人占去了，一個法國人，一個日本人。」

「你們要常到這裡來，我一個人悶不過。」

「你來二等艙裡方便些。我們二等客到頭等艙房裡來，船上有許多嚕蘇的，常來不得，扶梯口不是掛有一面銅牌，寫著除頭等客和船員之外，一概不準上來麼？像我們這樣隨便的服裝，說是二等客還沒有得人家相信呢。我來往南洋二十幾年了，只搭過兩回二等，連這回，托你們的福，算三回了。我平素來往都是搭大艙的。」

美瑛跟了他倆到二等的艙樓上來了，蒼空上疏疏的有幾片浮雲，緩緩地移動。太陽熱烈的向甲板上輻射它的光線。坐在房裡很鬱熱的，船客都走出艙面來，西南風雖強，但接近熱帶的海面，美瑛只穿一件單衣，一件裌衣就嫌過暖了。

二十六

二等艙樓果然趕不上頭等的清潔。艙面上擺著幾張帆布椅子。在吃菸室前走過時，她聞著一種海腥、漆臭和菸草臭的混合臭氣；她快想吐了。她望見帆布椅子，急忙走前去，躺下來。她望對面頭等船樓上有幾個紅毛鬼都把手插在衣袋裡，口裡咬著菸斗，沿著兩舷，意氣堂堂，左往右來的在散步。

含有鹽分的冷空氣向久籠在房裡的美瑛臉上吹來，把她的肺葉擴張了，血液也特別的加增速度向肌膚急流，她像喝醉了酒般的，感著一種暈眩，她望見深蒼色的海浪遠遠的湧向船邊來，愈湧愈高的。

「這裡是不是七洲洋？」她勉強的笑起來問何老伯。

「還差得遠，開船還不到十二個鐘頭呢。」何老伯站在一邊在吸紙卷煙。

「七洲洋的風浪更厲害麼？」

「不，沒有大風。不要緊，下午到瓊州，安南附近的海面，風浪凶些，過了那一段就不要緊了。」

阿和也躺在一張帆布椅上，他不住地翻過頭去望吃菸室那邊。

「你盡望那邊做什麼？」她問阿和。

「那房子裡有個人不住地伸出頭來望我們，望你吧，認識你的吧。」

「瞎說！在哪裡？哪一個？」她也翻過頭來向吃菸室那邊。這時候他們六隻眼都向著那邊了。

「那個人縮回去了。看見我們望他，不敢伸頭出來了。」

「你這個人總愛說那些疑神疑鬼的話！」她叱罵他。

「看見年輕的漂亮的女人，誰都想看一看的。」何老伯笑著說。

「你老不正經！又在嘲笑人了。」她雙頰微紅的說。

「那個人的樣子，特別不同的。我有點害怕，不是想謀害我們的麼？那個人我好像在什麼地方見過的，想不起來了。」

「瞎說？怎麼樣的人？老的？年輕的？」

「和瓊姑丈的年紀差不多。」

她聽見他提起廣勛來，胸口突然的跳動起來，雙頰緋紅的。何老伯吃著菸眺望海面，像沒有留意他們的談話。他不住地在咳嗽，但她有時候抬起頭來看他時，他那雙迷離的老眼不轉睛地在凝視著她。和他的視線碰著時，她忙低下頭去。

二十六

海水漸漸地轉成黑色了，船身的振動也漸次激烈了。高入雲際的檣桅不住地向左右擺動。船身抵抗著海水的重壓向南進駛，它的震動由甲板傳達至美瑛的足部，再由足部達到她的全身。她有點支持不住了，說要回房裡去睡。何老伯和阿和忙過來想扶她。

「不要緊。我自己慢慢的還可以走。」她站了起來，摸摸自己的額，和死人的一樣的冰冷。

他們在吃菸室前面走過時，室裡空無一人了。

她才由二等艙樓的扶梯走下，至甲板上時，她把才吃的牛油，麵包，炸牛肉等等嘔吐出來了。

何老伯和阿和扶著美瑛上頭等艙樓的扶梯時，阿和忽然的向她說。

「你看，那個人又在那邊望我們了。他不是站在那邊扶梯口麼，何老伯？」

她再無心，也沒有氣力翻過頭來望船尾了。何老伯忙翻轉頭來看，果然有一個清瘦的少年穿著白褂子和黑綢褲，上面加一件銀色的乾紗背心，站在二等艙樓上的扶梯邊。那個少年的長頭髮給海風吹得很零亂了。

二十七

她回到自己的船室裡，就向寢床上躺下來。她覺得眼前只是一團黑暗，看不見什麼東西，胸口像給一塊大石填壓著，喘氣不過來。想睡總睡不下去。背部像微微地發了點冷汗，臉色一刻一刻的變化，到後來變成金黃色了。

「我悶得很。頭部冷得像針灸般的。悶死了！」

何老伯忙去請了船醫來。船醫聽說是頭等船客，一刻工夫就跑來了。診察的結果是，妊娠中遇暈船，惹起了點腦貧血症，不要服什麼藥。靜臥一會也可以。最好能夠起來慢慢的行動，使血液容易循環，就沒有事了。

「喝些葡萄酒吧。」醫生臨走時說了這一句。何老伯和阿和看醫生去後也回二等艙裡去。讓她靜睡。

美瑛醒來時，船室裡的電燈亮了。但船身還不住地擺動。覺得自己不像上半天那樣的暈得厲害了。聽不見什麼，只聽見海浪衝擊船身的沙沙的音和甲板下面的機器的

二十七

轟轟的音響。

她總覺得還有種臭氣，她嗅著了心頭就發悶——催她要吐嘔般的一種苦悶。她不知道那種臭氣的來源。她想像這樣清潔的頭等艙房裡不該有這種臭氣的。她留意的嗅了嗅，又聞不著那種臭氣。但忽然的那種臭氣又接近鼻端來了。她從枕畔取出一瓶花露水來，灑滴在枕上，手帕上和胸部的衣上，她受了香水的刺激，再睡不下去了。她雖然不敢起來，但不像日間那樣怕船暈了。她覺得喉頭乾苦得厲害，想喝點茶，但自己又懶得起來，她覺得自己一身是很骯髒的了。

外面有人敲門。

「進來！」她說了後，一個年輕的，頭上分的髮梳得光光的，穿著白色衣裳的年輕的侍僕走進來，她覺得這個侍僕侍她比別的客人更殷勤。她想，定是她先給了四塊錢的小帳的緣故。今早一起來，他就替我清理被縟，我換下來的襪子和裙褲，他都替我疊得好好的。

「晚餐準備好了，到食堂裡去麼？」他很恭敬的問。

「不想吃。」她躺著搖了搖頭。

「我特別替你弄點稀飯好麼？」他再問。

「等一會再看吧。」

侍僕走了後，她奇妙的興奮起來。綺麗的寢臺，海面的幽寂。船身的震動惹起她的一種好奇的情緒。她正在痴想，假想到那個年輕的侍僕是個不好的人，對自己懷惡意時，自己也覺奇異，會起一種自暴自棄的衝動。她思想散亂的胡想了一會，覺得頭痛起來了。她合了眼睛想睡，但無論如何睡不著。再聽見外面有人敲門時，她又像從夢中驚醒來了般的。進來的還是那個侍僕。

「我剛才忘記了。今天下午有一個人——二等船室的船客來了兩次，看見你睡了，回去了。他說等你醒來了時再來看你。」

「他說了他的名字沒有？」

「沒有說，他留了一封信在這裡，說等你醒來時交給你，你要請他來時，就托我到那邊去叫他。」僕歐從衣袋裡摸了那封信出來，拿在手中捏捏說，

「裡面不像是信紙呢。」僕歐說了後向她微笑。

她把那封信接過來，看見封面怪醜的筆跡，她的胸口就跳動起來，上面的幾個字

二十七

是：「交魏女士手收。」等到僕歐出去後，她把封筒撕開，裡面掉出一個白絨線織的表袋子來。她想，這是當年應他的要求，替他編的一個表袋子。

——他也在這船裡麼？對了，阿和說的在吃菸室裡望我的定是他了。他真的為我還沒肯結婚時，那我真對不起他了。所認識的男人中還算他是頂純粹，頂真心向我的吧。她最初看見他的字跡，還感著點悸動，現在倒很想見見他了。在這海上實在沒有可以說話的人，太寂寞了。推門進來的是阿和。

「你來做什麼？」才思念那個絨織表袋的主人，看見阿和來就十分的討厭。她想，阿和在這裡，他來了時定坐不穩就跑的，阿和又是個討厭鬼，性質和他的父親一樣的黏滯。

「我吃過了飯，來看你好了些沒有。」阿和不客氣的坐到她的寢臺上來。

「……」她望著他，在凝想，不說話。阿和當她是有意思了。

「你這暴躁鬼！不懂一點規矩！」她躺在寢臺上，頭向左右擺動的躲避阿和。她拚命的抵抗。阿和伏在她的足部像受了致命傷的猛獸不住地呻吟。

美瑛也感著他的雙腕裡面流著惡魔般的血。阿和待要再向她突擊，忽然聽見外面又有人敲門。阿和忙坐到寢床對面的梳化椅子上去。

年輕的僕歐隻手按著門的把手，站在室外伸頭進來說：

「剛才說的楊先生來了。」

她聽見松卿來看她，才停息了的胸頭的跳動重新跳動起來，她忙伸出兩手的小指頭略把兩鬢上散亂的細髮整理整理，勉強坐起來望對面磁盆臺上的掛鏡，照了一照，隨又把嘴唇掀起，露出兩列牙齒來。她看見牙齒倒沒有什麼不清潔，不過自己總覺得齒面滑滑的敷著一重點膜，心裡不舒服。

她對了一會鏡，她覺得自己今天特別的醜陋，臉色這樣的蒼黃，雙頰也瘦得生了一個淺淺的窩兒，並且睡了大半天，起來還沒有梳洗；她實在有點不願意見松卿。但又想，遲早會碰著他的，現在他來了，就會會他吧。

「請他進來。」她坐起來後對僕歐說。

松卿穿著蛋黃色的直領洋服走進來。那種南洋華僑風的裝束在她是很刺目的。她不禁把他和廣勛比較，覺得雅鄙的界線很明了的。沒有和廣勛交際以前，松卿在她眼中是個美男子。現在腦中深深的有了廣勛的印象的她覺得松卿的嘴唇今天特別的厚，

二十七

惹起了她的反感。

「啊！美瑛姊！想不到我會在這裡碰見你！」松卿的腳還沒有提起，頭先伸進來了。他剛說定，才看見阿和坐在這邊的梳化椅上。他忙斂了笑容，恢復了他的正經面孔，剛才笑得沒了縫的閉著的眼睛也仍舊睜開，很厚的紫黑色的嘴唇仍舊把上列兩個長長的微向外露的門齒緊緊地包著，她看見松卿那種驚惶失措的樣子更覺得難看。

「請教？」松卿正襟危立的問阿和。

「是我家裡人，同到蘭貢去的。」美瑛搶先答了。

阿和認識在吃菸室裡偷望他們的就是這位先生了。

「你們到蘭貢去麼？」松卿問他，但隨即又想起來了般的說，「是的，是的，凌士雄兄早出去了。你到那邊去一時不回家了吧？」

「你呢？你到那個埠頭去？」美瑛反問他。

「我麼？我什麼地方都要去，H市，新加坡，檳榔嶼，大霹靂，蘭貢，孟加拉，英屬的南洋各地都到過來。」

「問你這回到什麼地方去？」

「先到新加坡。下個月可以到蘭貢來。」

「你做什麼生意？」

「沒有一定的生意。這埠有便宜的貨物時就採辦來到別埠賣。」

松卿到後來看見阿和蠢頭蠢腦的樣子，也就寬了心，不十分理會他了，他只恣意的偷看美瑛。他覺得美瑛不如從前未嫁時那樣娟麗了。情人眼裡出西施，美瑛是他的第一次的戀人，印象很深，現在面貌雖然變了，不及從前的好看，但在松卿的眼中還是很可愛的處女。

生性固執的阿和盡坐在梳化椅上守著他倆不肯走，但松卿也和他有同樣的心理，想挨他先走，但到後來松卿終熬不過他。外面的風浪又激烈起來了，船身簸蕩得厲害。

「松卿，我有點頭暈。明天再見吧，」她又向著阿和說，「你也好走了，我要睡了。」

松卿走了後，阿和恨恨地出去，口裡不知咕嚕些什麼，她也無心聽他。後只聽見船鐘響了七響。她想，十一點半鐘了，不早了。

二十七

二十八

輪船在險惡的浪濤中顛倒了一夜，到了第二天早上美瑛醒來時，風浪平穩下去了。像航行至南中國海的中部來了，距赤道沒有好遠了，睡在船室裡很鬱熱的，再躺不著了，她坐了起來。

她的第一件要事就是對鏡，看見自己的顏色像死人般的呈灰黑色時，她就傷感起來。她後來悔不該別了家鄉，遙遙的走到這四望無涯的海面上來。

——但是，留在故鄉，又有誰能愛護自己！恐怕要度比現在的漂泊生活還要痛苦的孤獨生活吧。自己的身心就像無所依繫的蜘蛛只能無目的地在空際飛揚，漂泊到哪一塊地方就在哪一塊地方落著，一切只有委之運命了。女人的心像堅果（nut）之實，時時要堅殼掩護著才能發育長成。沒有那個堅殼就會失其生存的價值。女人到了十六七歲正同結果的時期，需要能專心愛護她的男性。沒有這個可依繫的男性的專愛，雖有金錢，名譽，權位，結果還是空虛。過了二十五歲以後還沒有得到專愛自己的男性時就會發生一種傷感和煩悶，這時候是頂危險的時期，由性的苦悶而自暴自棄，終至墮落。墮落了後想求真摯的愛護自己的男性越發難了。自己就是個例子了。女性想求男性的真摯的純潔的愛，男性又何嘗不想求女性的真摯的純潔的愛呢？

她梳洗完了，略施脂粉後再走到鏡前一看，臉兒雖清減了好些，但化妝之後自己覺得也有幾分動人。

她走出船樓上來了。海面的空氣很新鮮。她深深的呼吸了一會，精神清爽起來，她覺著有點飢了。太陽高出水平面上來了，在強烈地輻射她的光線。蒼空高高的沒有幾片浮雲。一望無涯的海面只起些和暖的波動。輪船像停止了航駛般的那樣平穩。她早把昨夜的痛苦和憂鬱忘記了，心情愉快起來。她只眺望著渺無涯際的黑色的波面，有一二只海鷗振起它們的羽翼低低的在輪船附近飛翔。

過了一刻何老伯和阿和也走出二等艙樓上來了。何老伯在那邊向她招手。隨後看見松卿也拖著拖鞋，穿著寢衣，吸著菸出來了。他望見她點了點頭，她很不好意思的回了一個禮，她想過去的，看見松卿不敢過去了。

到了下午三點多鐘，阿和走到頭等船室裡來看美瑛時，又發見松卿坐在她的寢臺

二十八

前，她卻半坐半躺的靠著艙壁和他談笑。松卿看見阿和表示出種輕蔑的顏色，向美瑛告辭，回二等船室裡去了。

那晚上真是她一生都忘記不了的美麗的一夜，天上沒有一片雲，八分滿的月亮高高的掛在東方的天角上。船客都不情願留在鬱熱的船室中，各人都在艙樓上或坐或立的玩月。月在海波中反射出無數的銀色的光線。船客中有坐著喝茶的，有走著談話的。一個金髮美人隻手搭在她的丈夫的肩上倚著船欄望海中的碎成幾塊的月影，美瑛看見那對西洋夫婦的親暱的情狀，心裡又羨又妒。她忙逃到二等艙樓上來。

經美瑛的介紹，松卿也和何老伯認識了。他們因為船室裡酷熱，在艙面坐到十二點鐘才各回艙裡去。

美瑛回到艙房裡，一時不想睡，她把電風扇開了，迎著電風，坐在近窗的倚子上。八分滿的月亮已經偏西了，她的船室是在右側的一列，月亮恰好由窗口射到她的臉上來。她痴望著月亮又觸起了一番心事。

——剛才在二等艙樓上，他有意的走近我的旁邊來。夜漸深了，月漸高了，我們浴不著月光時，他就輕輕的捏了我的手，我沒有理他，他就一連伸了幾次手過來。

二十八

我怕他們看見，回揑了他一下。萬一他當我是種什麼表示時，……她頭腦興奮著不能睡，也有幾分意思希望他來。但登時又覺得這種心思太墮落了。

她坐了一會，覺得有點過涼了，她忙把電風扇息了，也把電燈息了。她再走近窗前，想望望月夜的海色，一個黑影在外面窗前閃過去，把她嚇了一跳，嚇得她顫慄起來。她想是船員或僕歐吧，她翻轉身想向寢臺上躺下去時，聽見有人在外面敲窗口，她忙開亮電燈。

「是哪一個？」

「是我，美瑛姊。請你聲音小一點。我進來好麼？」松卿站在窗側高聲的說。她看見浴在月光中的他的臉色慘白得像死人般的。

「你還沒有睡麼？有什麼事？明天說好麼？怕噪著隔壁房裡的人。」她雖然想讓他進來，但又有點害怕。

「美瑛姊，你莫叫我急死了。你才答應了我的。你當我好容易到這裡來麼？扶梯口的欄門下了鎖，我翻欄杆進來的。又怕碰見他們——碰見紅毛鬼時更討厭，要出醜呢。我不敢在前面敲門就是這個緣故。」

她終敵不住他的苦求，讓他進來了。

美瑛雖然讓他進來，但還警備著，怕他有什麼超出友情以外的要求。他進來後就在梳化椅上坐下去，他的很厚的上下嘴唇還不住地顫動。她看見他的驚恐的樣子又抱了幾分同情，她想，他還是和從前一樣的怯弱。看見他的驚怯的態度，高瘦的身體，雙頰上泛著淡淡的紅彩；她對他的舊情漸漸地甦醒起來，他的平穩的態度反使她生了一種反感。

「他們說你到南洋去了。怎麼你還在H市呢？」

「……」他沒有回答。

她看見他淌著眼淚了。她忙坐近他身旁，伸手握著他的手。

「你為什麼哭起來了呢？你為什麼傷心？」

松卿隻手拿條手帕揩眼淚，隻手握著她的手。

「我自己也不知道怎麼會忽然地悲傷起來。大概是自己神經衰弱吧。總之，我自和你相別以來，不曾度過一天的快活日子，也沒有一日不思念你。昨天看見你，我心裡就悲楚起來——說不出緣故來的悲楚起來。但同時又很喜歡，看見你，我就不能不流

二十八

淚了。我因為你受了不少的痛苦。現在我也有相當的積蓄了。但是你已經屬了他人。我就有了這些東西也……」

「松卿，你莫說那些事了，過去的事，我的確對你不住。不過母親作主，叫我又有什麼方法！」

「我並不怨你。我只怨我自己，怨我自己的命運。」

據松卿對她說，他失戀之後就不願意再看故鄉的城市。臨行時，雖然不免多少留戀，但有了腐蝕他的有活氣的青春的悲劇的遺蹟的故鄉，他發誓終身不願意看它了。他離了故鄉在南洋群島過了兩個月的流浪生活。在這兩個月的期中為排解自己的煩愁起見，就想更換他的生活。因為他覺得這樣煩愁的無變化的生活不知在何時才能夠終止。想到曾和她共游過的公園，共吃過飯的館子，他又忽然的流著淚的思慕起故鄉來。那時候在南洋各島正是秋間受著炎炎的太陽直射的時節，天氣異常的酷熱，入夜之後就常在海岸咖啡店裡迎著海風過沉醉的生活。綠的薄荷酒（Pepper-mint），黃的布蘭地，紫的偉毛斯（Vermouth），還有眩迷人的眼睛的白熱煤氣燈和含有毒液的由愛爾蘭，荷蘭，巴黎等地方流落來的西洋女子的紅唇。但這些都醫不好他的心的重創——

由她受來的重創，他在這時候，像理性麻痺了的半狂人般的沉溺在這種毒鴆的但是甜蜜蜜的生活中。友人們雖常勸戒他，但他總覺得緊迫著他的哀愁和孤寂若是一刻不去，他的這種沉溺的生活就一刻不能停止。但是能夠排除他的這種哀愁和孤寂的，有誰呢？在這世上除了她還有誰呢？

有時因職務的關係，由新加坡渡馬六甲海峽到蘇瑪杜拉和爪哇去，像今晚上一樣的月夜，就一個人憑著船舷，靜聽海峽的怒濤向船身衝擊的音響，含著眼淚，直至東方發白還不回船室裡去。斜倚著給露水冷溼了的鐵欄望遠處的北方的故鄉的天空；神魂就馳向她那邊去了。總之，一句話，失了她的他在這世上再難覓安身立命的地點了。

她聽了他的話也感動起來，跟著他流了點眼淚，再緊緊地握著他的手。

黎明時分她放他走出船室外來時，艙面還沒有一個人影。

二十八

二十九

到了新加坡，何老伯原定住F客棧的，因為F客棧的房租伙食比較便宜些。但美瑛執意要住S酒店，因為松卿邀了她同住那家酒店。

她和松卿雖同住一家旅館，但他倆的態度是潔白的。至少，何老伯和阿和沒有發見出他倆間有超出友情範圍外的行動。至他倆間有何種特約，那就非何老伯和阿和所能知道。

到新加坡的第二天，有輪船開往蘭貢，何老伯就想起程。美瑛的意思是，航行了六七天了，異常困頓，要在新加坡埠休息幾天才動身。他們不趁明天的輪船就要在新加坡多停留四天了。

第三天早上松卿起來不吃早膳就出去了，他說，在新加坡還有點事務未了。何老伯看見松卿走了後，他和阿和出去辦理他所應辦的雜務去了。

十二點鐘松卿回來了。何老伯和阿和還沒有回來。他就到美瑛房裡來。

二十九

「沒有出去麼？」他笑著向她說。

「我又不認識路，一個人怎麼出去？天氣又熱，一個人坐牢般的在這小房子裡真悶得慌。」

「我伴你到市外近海的風景好的地方去散散心好嗎？」

「想是想去，不過……」

「怕他們說話麼？只一點鐘工夫的火車，當天可以回來的，不要緊吧。」他紅著臉笑。

「不是這樣的意思，我相信你，也並不是怕你對我有什麼。不過……」她也很愧赧的說，因為她有內疚沒有向他表白。在未向他表白一切祕密以前，她不敢容許他的要求。因為這種無責任的戀愛的表示，她覺得太把自己貶抑至流娼階級以下了。

——他雖然說不久會到蘭貢來，但他先要到爪哇去，和他這一別，第二次的機會就無期了。運命到了改革期時就非快改革不可。自己還是趁早決斷由他的手把自己的運命革新，再開始新生涯吧，對士雄，自己是完全無愛的，況且阿和就是自己的目前的大敵人，到蘭貢士雄家裡去後，遲早就有風波發生，這也是可斷言的。最好還是還是……她想到昨晚上在輝煌的電光下，自己浴在磁盆裡所發見的一種恐怖——也是一種悲痛——來。

昨天吃了晚飯後，流汗過多了，她一個人到浴室裡去洗澡。她解開衣服時就覺得到自己的身體一天一天的膨大。浸到磁盆裡再審視自己的肌肉的色澤，連自己也感著衝動的刺激，她想只有「凝脂」這個恰切的形容詞才可以比擬自己的肌色吧。到後來看見自己的兩個小乳頭帶了點可厭的黑色時，她嚇了一驚。她想，事實完全證明了。

到後來，她想這件事變叫士雄負責，遲早要敗露出來；還是爽爽直直地叫松卿負責的好吧。我趁這個機會把我的運命改造吧。前途或有點光明在等候著我也說不定。

下午的一點多鐘，松卿和美瑛都在由新加坡向北開駛的火車中了。他倆在火車中並坐著，眺望沿海的景色。美瑛當火車一展輪時，心裡就有點沉悶，坐在車裡和松卿談笑都是很勉強的。火車再走了半點多鐘，她起了一陣暈眩，眼前的一切東西都帶灰黑色的輪廓。胸口像給一塊大石緊壓著，沿脊柱發了點冷汗，臉色一刻一刻的轉變成蒼白色。

「我像有點不好。」她氣喘喘地說。

二十九

松卿留意到她的臉色的變化，凝視著她說：

「怎麼樣？精神不很好麼？」

「好像沉溺進黑暗裡面去了般的。你那個箱裡有什麼藥沒有？」她像要哭了。

「那真沒有法子，在火車裡。恐怕是貧血症吧。你的臉色不很好。」

「我再支持不住了。」她倒在他的膝上了，他的胸口登時突突地跳動起來。

同車的一個馬萊人從他身上掛著的暖壺裡倒了一盅葡萄酒過來叫松卿給她喝，松卿隻手端著那盅酒，低下頭去，把嘴湊近她的耳邊輕輕的叫了她一聲。他感著她的耳朵和頰部冷得像冰般的，摸摸她的額也異常的冰冷。流著膩汗，看她的手也像白蠟般的，摸她的指也是冷冷的，指甲上也沒有一點色澤。按她的搏脈，很微弱，他略提高他的左膝，把她頭承起來用根指頭揭開她的灰白色的嘴唇，一滴一滴的把葡萄酒灌進去。她像知道他在給藥她吃，她的緊咬著的牙齒微微地打開來。

同車的搭客都默認她是他的妻子。他也緊緊地把她抱著細心的看護。他時時去摸她的手，也用唇去吻她的額，前者表示他是替她測脈搏後者是表示測體溫，過了一會，她的手會伸動了，觸著他的手了，她像無意識的伸手給他，又像精神恢復了後的表象。再過一會，雙頰起了點紅影。

「瑛姊！」松卿湊近她的頰喊她，她微睜開眼來向他微笑。

「好了點麼？」

「……」她點了頭，像很不好意思的想坐起來，但她終於沒有起來，像沒有氣力，又像有意不願起來。

「你還是再休息一會吧。不要起來，不覺得冷麼？」她的頭伏在他的懷裡，搖了搖頭。

二十九

三十

再過二十多分鐘，火車在一個很小的車站前停住了。她也站了起來。

「好了些麼？」他握著她的手問。她的手不像先前那樣冰冷了，便臉色還沒有恢復。

「沒有什麼了，不過身體有點疲勞。」她說話都缺乏精神般的，不像來時那樣多話了。她覺得和松卿接觸，和松卿談話時，神經就受一種刺激，心頭也忙亂起來。她走近車窗，眺望窗外的景色，一面蒼色的高山聳立在這車站前，她覺得車裡很鬱悶，便伸出頭在車外，深深的呼吸了一陣清新空氣才跟松卿下到車站裡的休息室來。

松卿說，近這車站是個有名的產錫的礦區，他有許多認識的朋友在這礦區裡作工，地方雖然小，但商業是相當發達的。

他倆在休憩室略坐一會。她忽然地對他說：「哪一點鐘有車開回新加坡的？我們還是回去吧，到這樣怪寂寞的地方來有什麼意思？」

三十

「要等到夜晚八點鐘才有車了，還要等五六個鐘頭。我們到一家旅館去歇歇吧。」

到近車站的一家的小小的客棧的樓上時，她還感著一種暈眩，很想睡下去。松卿說他要去找幾個朋友，提著那個手提皮箱子出去了。她像睡了一會，醒來時看自己的手錶還只三點半鐘過幾分，他還沒有回來，她很寂寞，走出騎樓前來望海，看得見海濱的疏疏的一列人家。那些人家的屋頂，白壁和屋後的樹木都浴在斜陽裡面。再望遠一點，就是像玻璃般的平坦的碧海面延擴到西南那邊的低空之下。戎克船的白帆點點地浮在海灣裡，礁岩附近有海鳥飛翔。她不相信自己真走到這樣幽寂的地方來了。看見下面走的都是黑色的馬菜土人，她有點害怕。她望了一會回到房裡來，略整頭髮。正在對鏡時，松卿回來了。

「精神好了些麼？」

「睡了一會，沒有什麼了。你怎麼回來得這樣遲？」

「到那邊時，恰好他們在吃飯。他們要我喝點酒，就過了好些時候了。你不覺得餓麼？」

「一點不想吃。」她搖搖頭。

「那邊有海水浴場，我們去散散步好麼？走走路，吸吸海岸的空氣，於你的身體是有益的。」

「不遠麼？」

「就在那邊，不要十分鐘。」

她也想看看海岸的景色。兩個人出了旅館，慢慢的走出砂濱上來了。在這地方土人們像看慣了中國人般的不十分注意他們。

他倆走到海水浴場來了，她看見土人一個個赤條條地坐在沙岸上，不覺臉紅紅的不好意思起來，望了望松卿，低下頭去。

「你看那邊有人在跳舞呢！」松卿像看慣了這些景象。她抵抗不住好奇心的引誘，忙抬起頭來看，一對赤條條的男女在摟抱著跳舞。

——真野蠻的習慣！她感著自己的全身在發熱，覺得土人的裸體跳舞雖然簡單，但有種強烈的蠱惑性，「回去吧。」她背過臉去說，要求他離開海水浴場。

「那才是人生的真味。」松卿笑著跟了她來。

「討厭！」她斜睨他一眼，紅著臉笑了。

三十

他倆為避炎熱的斜陽，走近海岸的樹林下來。他倆在歸途中都覺著彼此的理解漸有進步了，心和心也有融洽的可能了。隱伏了的一年多的熱烈的情深再在兩人內部迸發出來。她想，他有要求，也不能拒絕了。

回到旅館裡來了。茶房送飯上來吃。吃過了飯時，約六點多鐘了。他倆並坐在騎樓前望海，海風一陣陣的吹進來，她的精神很爽快了。她好幾次想說回去的話，但又覺得機會很可惜的。她想，就在這裡歇一宵也可以，不過自己要有一種覺悟——和士雄離婚的覺悟，並且要求松卿發誓替她負終生的責任。

「回去麼？還是在這裡歇一晚吧！」他望著她由浴室裡回來就問她。浴後的化妝分外美麗的，給了他一種誘惑。

「還來得及麼？」她笑問他。

「歇一晚吧。」

「……」她低著頭臉紅紅的微笑。

「就回去，他們也要說話的。橫豎都要受他們的猜疑了。」

松卿下浴室裡去了。她一個人坐在騎樓的鐵欄前遠遠的望見海面上漁船的幾點燈火在月色中閃動，下面街道上有許多土人擠擁著往來，大概是晚飯後的游散，海上的輪船的汽笛和旅館後的火車的汽笛彼此呼應的像在相應答。她回憶到自己竟會走到海外的鄉間來和松卿相會，禁不住生了一種漂泊的哀愁，她起了一種自暴自棄的思想了，她想自己的一身只有一任運命之浪漂流，能流到哪一塊地方就到哪一塊地方去吧。

她覺得後面有人來了般的，待翻過頭來時，早給松卿摟抱起來了。她駭了一跳，想向他抵抗。但只一瞬間，她很柔順的和他親吻了。

這晚上終在這鄉間的旅館裡歇了一宵。

早晨九點多鐘松卿醒來時，美瑛已不在他身旁了。他想她逃回去了麼。忙伸出頭來向房裡張望。他看見她了，看見她痴坐在靠窗的一張小圓臺前。

「起來了麼？」他笑著問她。她抬起含著眼淚的眼睛來。

「快起來吧。」她走近他，在床沿上坐下來。他伸手過來握她的手。

「你真的下個月能到蘭貢來？」她淌著眼淚問他。

「現在還能挨到下個月麼？到爪哇去一星期可以趕回來，兩星期後我就到蘭貢來。不過士雄那方面的事你要自己負責弄清楚。以後的事，你莫擔心，我完全負責。」他說著再過來擁抱她，她也不能不機械的伸出細長的皓腕來給他一個反應的表示。

三十

她對人生有點憎惡了，她想何以自己的運命特別的離奇，自己的生活也特別比普通女性不自由，上帝像有意同自己為難般的。使自己的生涯愈沉愈下的第一原因，就是和表兄的結婚。和他的婚約定了後，自己的悲苦的運命就完全決定了。幸福的生活也就完全剝奪得乾乾淨淨了，直到現在還沒有找著安身立命的地點，在這兩年間因為不自然的戀愛，受了不少的痛苦。今後的松卿的確誠心誠意愛護自己，士雄那邊又能圓滿的脫離時，以後或有度和平安定生活的希望。不然，自己的前途恐怕越走越發黑暗悲慘了。但仔細的思考一回，又覺得自己的沉溺的原因是一種不良的遺傳性——性慾的發作過強烈的遺傳性。

到了下午三點多鐘，他倆還留戀著都不肯動身。到後來，才搭三點半的火車回到新加坡來。

三十一

美瑛到蘭貢後，士雄家裡起了一場險惡的風波，第一，她發見了士雄在蘭貢還有一個妾，這使她向士雄宣告離異的決心更堅決了。第二是阿和的報仇，他在他的父親面前把美瑛在故鄉和途中的一切祕密行動通發表出來。士雄和她終至決裂了。只把作調人的何老伯難倒了。

美瑛到蘭貢滿一個月又二十餘天了。士雄患咯血症死了。士雄的死，把一切的糾紛解決了。等到松卿來時，她就跟他回H市來，松卿說，他在H市湊巧有生意，一年中住H市的時期多，所以要美瑛回H市去住。

他倆回到H市在鳳凰臺街租了一家小小的，但很精緻的洋房子。他還替她買了一輛汽車。她漸漸的知道松卿的職業了。她初聽見時，雖然駭了一驚，也有點替他擔憂；但無可如何，只暗祝他在這幾年中不遭失敗，多掙幾個錢後就勸他莫再冒險。

原來英國和荷蘭的東洋方面的殖民地政府都是很腐敗的，比我國的政府還要十二

三十一

分的腐敗。他們的稅關上的用人和巡捕都可以用金錢去收買。有個日本的商人在H市大規模的私印南洋各地的流通鈔票，松卿就替日本商人帶假鈔票到南洋各地去推銷。他的來往的旅費全由日本商人供給，所獲的紅利又可分得百分之七。各殖民地稅關上檢貨的人大部分給日本商人買通了，有了個祕密的憑證，松卿把那個憑證拿出來，大概不受檢查的可以透過。松卿到印度地方去時又常把鴉片祕密輸入H市來。

在鳳凰臺街住的大半是日本人，其餘的中國人不是在日本人的銀行或洋行裡當買辦的就是職業上和日本商業有關係的人。

松卿和美瑛搬到鳳凰臺街來時，快要到端陽節了。時節算是仲夏了，但海島上的氣溫不比內陸炎酷。四月杪的一天，天氣晴和，松卿要美瑛同到北園去游散。美瑛近來的身體不很好，下腹部時常隱隱地作痛，並且比初覺得有胎時痛得緊急，身體也常感著疲倦。但又不敢打落了松卿的高興，勉強從床上爬起來換穿衣服。

「我實在懶得走路。北園在哪一塊？遠不遠？」她懶懶的說著在對鏡梳頭。她才把腰伸起就覺著下腹部和腰部刺刺作痛。

「這麼遠的路，怎麼能夠走去？我們坐汽車去。」

松卿換了一身山東黃綢的反領西裝，戴頂巴拿帽子，隻手提根手杖，隻手拿一根紙菸在吸。等了一會，美瑛把頭梳好了，翻轉身來看松卿，覺得他的衣冠雖然端整，但裝束的樣子就不很大方，他的樣子就有點像伺候紅毛人的僕歐，又有點像映畫戲裡的戲子。她看見他的反領的西洋服就聯想到廣勛的那件外套來了。廣勛穿的西洋服，材料雖趕不上松卿的，但他裝束起來就很大方也很自然，松卿和他同是穿西洋服，但雅俗之分，在她眼中總能立即辨別出來。

她也換穿了一套瀟灑的服裝，碧色的綺羅上衣套鐵線絲裙。隻手提的是黑皮錢夾，隻手撐枝日本式的小洋傘。松卿看見美瑛裝束好了後就按呼鈴叫媽子進來。不一刻，一個胖胖的穿黑油綢衫褲的老媽子走進來問有什麼事。

「你到車房裡去叫阿根把汽車準備好。駛過來。」

「是的。」老媽子退出去了。

美瑛搬到鳳凰臺街來只四五天，今天才坐新購的汽車。

「阿根？是不是我們村裡姓呂的？」她聽見阿根的名，胸口突然的悸動起來。但不像性的煩悶期中的那種悸動了，現在的是多帶驚恐的分子的悸動，她聯想到阿根在屋

三十一

後草墩上的惡作劇，臉上又微微地泛出紅影來。

「我也不很清楚。是個同鄉的商人薦來的，說是我們村裡人。但我不認識他。你認識他麼？」

「曉得是他不是他？但我們村裡是有一個名叫阿根的。」

他倆走出門首來了。站在門首望得見H市的灣港，灣港裡面碇泊著大小不一的無數的輪船。灣面淡淡的給一重黑煙遮蓋著，望不見隔灣的K市。他倆沿著石階段一步一步的走下來，汽車在石砌的臺下等著他倆，坐在車前頭的汽車伕雙手執著把手，戴著一套汽車伕常用的眼鏡。她雖然留心看了看那個車伕，但只看見他的側面的姿勢，並且戴著掩了鼻額的大部分的眼鏡，不十分認得清楚。車伕略一側身，背過手來打開車門讓他倆坐進去了後，再把門關上，就開始運轉汽車的把手。

汽車駛出海岸上來了沿著電車路線疾馳。他倆坐在汽車裡都沉默著。在性的生活中過勞了的她尤覺得索然，一啟口說話都感著疲倦了。她有時偷望他的側面，看見他的紫黑的厚唇和緋紅的高鼻尖，心裡就感著煩厭。尤其是他的臉上近來發了許多似面疱的紅疹，更惹人討厭。她近來覺得和他同棲的生活唯有痛苦了。

過了二十多分鐘後，汽車停在北園門首了。車伕忙跳下來，除了眼鏡，打開車門。先下來的是美瑛，松卿也跟著下來。美瑛和車伕的視線相碰著時，彼此都駭了一跳，你看我，我看你的痴站了一會。松卿看見他們的態度，心裡有點不快活。

「你們都認識的麼？」松卿勉強的笑著說。

「小是時候就認識，他是我的鄰舍呢。」她臉紅紅的笑著說了後向阿根點了點頭。阿根也笑著向她很恭敬的鞠了鞠躬。她覺得阿根雖然瘦削了些，但比前年就英偉得多了。不過顏色黑了些，臉上的黑面疱倒消失了。

「想不到先生的新太太就是瑛姑娘！」阿根驚異的說。

「你就在這裡等著。」松卿吩咐阿根後就向著美瑛，「我們進去！」用命令式的說。

美瑛看透了他的心裡在燃燒著嫉妒的火。她想和松卿正了夫婦的名義後的生活比和士雄同棲時還要不自由了。她覺得自己的短短的戀愛史中還是和廣勛一段最有意味，也得了相當的結果，除了這一段外，自己的生活都是悲慘的，痛苦的。訂婚是遲延不得的，誤過了婚期的女子的運命最悲慘生活也最痛苦。自己在十六歲那年若沒有拒絕廣勛的求婚時，現在的生活是很幸福的。再退一步想，就答應了阿根的求婚，現在和他

三十一

倆人在村中度清貧的農民生活也是很幸福的，最後，直截了當拒絕了表兄的求婚，和這個人正式結婚，就生活苦些也有貧苦的幸福，可以免得這回的漂泊和一年來的墮落。現在雖然和這個人成了夫妻。但是過了新正的水仙花沒有什麼價值了。

松卿和美瑛雖然對坐在一家茶樓上，都各有心事，沒有半點樂趣，她猶悒悒寡歡的，因為她近來感著裡面微微的胎動起來了。

到五點多鐘他們才回到家裡來。

三十二

美瑛在H市認識了不少的女朋友。她們都活活潑潑地跟著她們的丈夫或情人到處遊散，或公園，或戲院，或跑馬場，或旗山頂，有時互相邀請，在各人家裡開茶話會或小小的跳舞會。美瑛看見她們興高采烈的樣子，心裡就很羨慕，她也曾伸手進松卿的肩肋下並著肩赴過茶話會或跳舞會來，但一見松卿的裝束和言動就鼓不起血氣，愈到熱鬧場中去，愈覺得寂寞。

松卿是很誠摯的愛她，她也知道每遇著沒有會過她的朋友，不論男女，松卿定替她介紹，他像唯恐朋友們不知道他已經結了婚。她對他的誠摯的愛未嘗不感激。但他對她的猜疑和監視的態度又引起了她的反感。

一天松卿往永田洋行——店面的陳設是古董品和銀器，裡面地窖室裡就有私印各種假鈔票和私鑄假銀元的一家日本商店——去了。美瑛一個人坐在樓前翻讀一本新進作家Y氏的創作集。她近來覺得這無聊的歲月實在難度，她常到書店去買小說來消遣

三十二

了。但她不敢當著松卿面前讀小說，因為他不喜歡書籍，他看見她讀小說就說女人不該看小說的。她近來對現代作家的創作愛讀起來了，把從前買的《紅樓夢》、《兒女英雄》、《再生緣》、《天雨花》等小說或彈詞都丟開了。她尤喜歡讀Y氏的小說，因為Y氏是高唱殉情主義的，文章也流利。妊娠中的她神經越發衰弱，Y氏的創作常把她的眼淚引流出來。今天她讀到Y氏的一篇「殤兒」，悲痛極了，想到腹內的小生命，不知不覺地痛哭起來。她把Y氏的創造集丟開了，不敢再讀下去了。

——除了腹內的胎兒。我對世人可告無罪！對不起人的不是我，還是他們！廣勛對不住我，士雄也對不住我，松卿也對不住我。我只對不起腹內的小生命！我之流離漂泊我自己雖有幾分不對，但大部是想為這個胎兒謀一個庇護他安全生長的地方。現在說出來有誰能相信呢？生下來不知生身父為誰的嬰兒是何等可憐的喲！我委曲求全的到士雄那邊去，在海上漂流十幾天完全是為這個嬰兒！到後來要跟松卿回H市來，再在海上漂泊，也完全是為這個嬰兒！但我這苦心又有誰能諒解呢？我的生命置之度外了，能夠保全這個嬰兒，只要有人庇護這個嬰兒，我什麼都可以犧牲。我不再受呆板的名義或習慣的支配了。過了長期間的國法，道德律，社會習慣該有改革的必要！我不能再受這些呆板的公式的束縛了，我要打破一切！打破了一切，我和腹內的嬰兒才得生存！不，我要犧牲自己為嬰兒圖生存！我該把他交回他的父親！我要當著妹妹的面叫他承認腹中的胎兒是他的兒子！我要向社會聲稱他是我的愛人！我看見他承認了胎兒是他的兒子，承認我是他的愛人後，我就死也情願！我的幸福——一生的幸福完全給你剝奪了！廣勛！你是蹂躪我的人！你是壓迫我的人！你是奴隸我的人！奴隸我的人！你還在怯懦的不敢向社會承認他是你的嬰兒，承認我是你的愛人麼？

昨晚上她和松卿睡在一起時，她對他說：

「我恐是有孕了。我覺得我的身體有點不尋常。我們快有小孩子了。」

她說時也感著自己的雙頰紅熱得厲害，她暗暗地自愧。

「恐怕不對吧，哪裡有這樣快？」

她望見他的紫黑色的厚唇上微微的震動，臉上也浮了一種淺笑。

她看見他不承認她有這樣快懷孕，著慌起來。她想，妊娠的象徵一天一天的顯著了，到了日後掩不了的時候，怎麼好呢？她愈想愈擔心起來。她想將來定有難解決的紛爭發生的一天。

她想，妹妹能夠承認我這腹內的胎兒做她的兒子撫養他時，我把嬰兒交回他的父親後死也瞑目。她想到後來，真的想寫封信寄給廣勛，叫他出來H市。

「瑛姊！」有人在後面叫她，她駭了一跳，忙翻轉頭來看，阿根笑嘻嘻地站在樓的廳中心了。

她看見阿根，胸口就跳動起來有點害怕。她怕他對她有意外的不慎的舉動。她對他保持著尊嚴的主婦態度，她靠在搖椅上不動。

「有什麼事？」她望也不望他一眼，視線只注視著地面。

阿根看見她的這樣的態度，有點不好意思，想再向她說話，固然不好，想就退下去也不好，他痴望著她站了一會。

她看見阿根不說話又不退下去，心裡有點著急，略抬起頭來望他，她吃了一驚。她看見阿根像電影戲裡面的黑奴般的微傾著頭向他的主人流淚，他的臉上也表現出一種誠懇的熱情。她給他的熱誠的態度感動了。但她還不能拋棄主僕的成見。她以為對他恢復了在村裡小孩子時代的態度會傷害她的威嚴。

「老爺有什麼事委曲了你麼？我說得來的可以代你對老爺說說。你有什麼事，快些說出來，簡單的說出來。不要盡站在這裡。」她說了後翻過臉去望海。

「瑛姊！——當楊先生的面前，我絕不敢這樣的稱呼你——我並不是為我自己的事來和你說話，我是一心為你的事來和你說話。我看見瑛姊受苦，我心裡不忍，所以來告訴我所知的一切。」阿根隻手拿條半新不舊的手帕在揩眼淚。

「你所曉得的是什麼事情？快說出來。」她有點驚異他說的話。

「我們瑛姊和他什麼時候成婚的？」

「和他結婚不好麼？」

「據我所曉得的，楊先生不該和女人結婚了的。他沒有和女人結婚的資格了。」

「什麼話？」她驚駭起來了。她兩眼直視的望著他。

「他們——楊先生的朋友說，楊先生傳染到癩病了。癩病不知道確不確。但病毒是有的，我有好幾次送他到病院去打針過來。瑛姊，我看你的身子不好，恐怕由楊先生傳染到了有點毛病。我望你快點到病院裡去診察診察。不是我的心不好，我希望你能夠和他離開，最要緊先把病治好。瑛姊，你可以相信我的心了吧。」

她想到自己近來的種種病徵，她有點相信阿根的話了。她凝視著地面，一時說不出話來。只一瞬間，她的雙行清淚撲撲簌簌地滴下地面來了。

三十二

「我錯了，我錯了。我不該多嘴，害瑛姊傷心。」他走近前來跪在她的裙下了。「但是，我希望瑛姊還是趁早叫醫生看看的好。」

「阿根，我謝你了。你下去吧。讓我歇息歇息。」她覺著下腹部和腰部更加痛得緊了。

三十三

她聽見阿根下扶梯，她就走進房裡向床上躺下。她才躺下來就聽見下面松卿回來了。

「你到樓上去做什麼事？」松卿厲聲地問阿根的聲音。

「許家的太太叫我來問太太今晚有空沒有空，有空時和她們到戲院裡去。」美瑛聽見阿根撒謊回答松卿。

「太太怎麼說？」松卿的聲音。

「太太說要等你老爺回來後商量。」阿根的聲音。

阿根像故意高聲的說，好叫她聽見。

松卿走上樓來了，她忙勉強的坐起來。他看見她坐在床沿上有點慌張的樣子，心裡越發狐疑。他的臉色很難看，把手杖和一個手提黑皮夾丟在一邊，氣憤憤的對她說，「你叫阿根到樓上來幹些什麼事？」松卿的話很是刻毒的。

三十三

「有事情，叫老媽子不好麼？」

「誰叫他上樓來？許奶奶差他來的。」

松卿看見她發氣，又有點害怕，不敢再說什麼了。過了一會，「你答應了她沒有？」他問她。

「你答應我答應她麼？」她反問他。

「單請你一個人去麼？」松卿頂不願意的就是自己不在被請之列。

「她說，今晚上光是女客。沒有請男的。」她微笑著說。

「真的她們家裡的男人不一路去麼？」松卿從來就神經過敏地猜疑他的鄰人們輕視他，排斥他；因為他知道自己不像他們般的開有大商店，自己的名譽在他們間也很壞。

「這有什麼好說假的！」她說了後輕輕的鼻笑。

「你想去麼？」

「我有點想去，不過怕你不答應，要問問你。」

「你自己想去，還要向我商量做什麼？」他也鼻笑。

不愉快的沉默擴散在他倆間。「那我不去了！」她過了一會恨恨的說。說了後她就向床上躺下去。

看看五月快要滿了，一轉六月初，松卿又要帶一批假鈔票到南洋各埠去了。近這一星期來他很忙，差不多一早出去，不到夜間十二點不回來。她一個人坐在家裡悶得忙，就命阿根駕著汽車到市內風景佳麗的地方去游散。阿根介紹她到一家醫院裡去看病。醫生只說她有了四個月的身孕了，不說出她有沒有病，給了她一瓶藥水和一盒黑藥丸。

「瑛姊，你有了小孩子？」他很驚異的說。因為他相信松卿是無生小孩子的能力了。她聽見阿根的驚問。唯有慘笑。

一天，阿根伴她上旗山頂去乘涼。

「阿根，你還是我的弟弟呢。你真的像我的親弟弟。我後悔從前太對不住你了。」

「瑛姊，我只恨我家計不好。我並不怨人。你看我現在還是個汽車伕呢，離家快兩年了，還沒掙到一個錢。」

據阿根說，他最初出來到新加坡就在一家汽車公司裡習駛汽車。習了一年才始習

三十三

會。他本可在新加坡圖生活，那邊的工價還高些。不過他很思念她，明知她早嫁了。但也想回去見見她——掙點錢，製套漂亮的衣服穿起去見她。

他又說，他希望她能夠馬上變成一個窮人——和乞丐一樣的窮人，他就把掙來的錢全數給她，使她感激到向自己流淚，他又說。他希望她一刻就成一個老醜的婦人，沒有人想娶她，自己就摟抱著她接吻。

她和他在山頂的路旁的一張鐵梳化椅子上並坐著，聽見他的無邪的告白，禁不住流下淚來。

「阿根，你該結婚了。你該回村裡去度你的農民生活。你還是回村裡去快點結婚好。」

「沒有錢，空手回去，家裡人看不起。還是在這裡困守幾年，多掙些錢後再回去。」

「你一個月的薪水多少呢？」

「十二塊，除了五元的伙食，只七元。年中添製些衣著，沒有什麼存錢了。」

「我這個給你吧。」她笑著把左手中指上的一個大鑽石金戒指除下來塞在他的手心裡。

「瑛姊，莫說笑。我也不敢要，怕楊先生知道了，說我偷了來的。」他紅著臉笑。

「真的給你。你拿去就把它變賣些錢回家去吧，這些繁華的都會不是我們村裡人住的。我已經不幸了，不願意再看你在這裡受苦。」她說時把條雪白的手帕擱在眼上。

「姊的好意我很感激，不過這個戒指你且留著。真的要時再向你要。我暫時不回村裡去，我要看護你，看護到你輕了身，病好了才離開你。」

她的眼淚更流得多了。她揩乾了淚翻過臉來看阿根，這時候在她眼中的他，雖然穿著很粗樸的洋服，是世界上第一等的英偉的美男子。她覺得他的精神比她所認識的男性中任那一個崇高。松卿當然趕不上他，就連大學畢了業的廣勛也趕不上這個農民的偉大，趕不上這個汽車伕的崇高。

「我想著一件事了，可惜沒有成功。你猜得著我想的是什麼事麼？」她握著他的隻手，臉紅紅的笑向他說。

「我猜中了。可惜我們小的時候的玩意兒沒有實現。」他也紅著臉微笑著說。

八九歲時在她屋後草墩上，組織家庭的玩意兒一幕一幕的在他倆腦中重演一回。

他靠在她的胸上，她的雙手攬圍著他的身體，她微笑著湊近他的耳邊。

三十三

——我們還是做兩公婆。

他也微笑著點點首。

過了一會幾個小孩子帶著她到墩後拿了一條紅手帕蒙著她的臉後再牽了過來。他在墳塘裡微笑著等她。等到她到墳塘裡時，就和她並著肩一齊向著墓碑拜了四拜。再過了一會，他倆就在墳塘的一隅互相摟抱著裝睡。一群小孩們都站在旁邊鼓著掌哄笑。他倆年紀雖然小。但也會臉紅紅的站起來罵他們。小孩子們還笑著叫她做新娘，叫她做阿根嫂。

他倆坐在鐵椅子上沉默了一會，她的兩行眼淚重新流下來。

「阿根，還是我們鄉里的青山綠水的景色好呢！我很想和你一路回鄉里去。」他們的農村的風景一幕一幕的又在她的腦裡重演出來。「沒有希望了吧！我今生再不敢發這樣的夢了。再不敢發這樣的幸福的夢了。」

她隻手拿著手帕揩眼淚，隻手緊握著他的手。他也緊緊地給她一個回握，他看見她的瞳子的周圍像撒滿了硃砂。

她的左肩靠著他的右肩了。他從後面伸手過去，也攬她的腰了。

「你的眼睛很紅的，不覺得什麼？」

「我原有點眼病，近來更凶了。夜晚上眼皮很重澀的異常想睡。早上起來，一時睜不開來。待睜開來時，眼睛緋紅的，怪難看。」

「你還是叫醫生看好。」

「你看我比在鄉里時老醜得多了吧。」

阿根覺得坐在自己身旁的美瑛的確不是從前的美瑛了。但他怕她傷心，不便說什麼。

「瑛姊在我眼中什麼時候都是美麗的。」

「你哄我！你不說真話！」

她的右頰靠近他的左頰時。他的嘴忙躲向那邊去。她的心頭又起了一重黑暗，再流淚了。

——他是真心愛我的人。但他怕我的病毒！

三十三

三十四

松卿在南洋各埠流轉了一個多月，回到H市來時又是七月初旬了。美瑛的健康也一天不如一天了。染了滿身病毒的松卿對她的肉身還像狂獸一樣的加以蹂躪。但他回來一星期後，她就完全拒絕了他的一切要求。

松卿在六月初旬還沒有赴南洋之前，看見她對阿根的態度過於親暱，並且發見她的鑽石戒指不在她的指頭上了，就斷定是她給了阿根；他終於把阿根解僱了。並且還托隔壁住的日本人中村留心，不許阿根到她家裡來。阿根因要求增加工資，曾運動附近日本人商店汽車伕，人力車伕和廚房罷工過來，所以日本人也很恨他，巴不得松卿拿他絕雇。

松卿走後的一個月中，美瑛臥病在家裡不出來，病中常思念阿根，但不見阿根來看她。她恨起阿根來了，恨他寡情。到後來，她接到阿根由A市來了一封信。信裡說他到A市當汽車伕了。他的信裡又說他所以不能再在H市站足的原因是松卿和幾個

三十四

日本人在H市的巡捕房誣控他是個常常運動工人罷工的危險人物，所以不能不到A市來求生活。他的信裡又說由H市到A市只要兩晚一天的海程，並不十分遠，一有機會——H政府不再注意他時——他就回H市來看她。他在信後面把A市的通信住地告知她了。

松卿回來後，她愈覺得自己的身體不好，她就寫了封信寄到A市要阿根速即回H市來看她。她花了半天工夫，很吃力的寫了下面的一封信：

根弟如握：一別匝月，有若三秋。自君去後，我疾益危，每欲赴醫院診治，無奈無人伴我；言念及此，不禁涕淚沾襟。姊所適匪人，將復誰怨，唯有自恨命薄耳。前星期扶病到植物園一行，在噴水池邊少憩；回憶月前我倆人曾在此休憩觸景傷情，又不禁泫然。日前彼傖回來，對我益加蹂躪，我病益危，命恐在旦夕，甚望君來一面，死亦瞑目。須知我在病中無刻不思君，死亦忍死須臾以招君臨也。

姊瑛字。

松卿遭美瑛的拒絕已經恨不過了。近又發見了她給廣勛和阿根的信稿，更覺憤恨。美瑛還在希望能夠把腹中的嬰兒產出來，所以寫了封信給廣勛，要他來H市把這個可憐的嬰兒領回去，她知道她想安全的分娩已經不容易了。分娩之後當然再無能力撫育嬰兒了。她像預知道分娩之後只有死在等著她。她希望是把嬰兒交回給廣勛，和自己死在阿根的腕上！

她寫給廣勛和阿根的信稿給松卿發見了後，遭了松卿的一頓毒打。她被毒打後胎動起來了。

七月六日陰雨的一天，她人事不省的被抬進H市的市立大病院裡的產科病室中。那晚上六點多鐘，她流產了。她聽見接生婦說流產的原因是妊娠中胎兒受了病毒，近因是腹部的受傷。接生婦又說胎兒還不滿八個月呢。她聽見她的唯一的希望的嬰兒流產了，痛哭起來。在痛哭中有時呼廣勛，有時又呼阿根。看護婦莫名其妙的只跟著她垂淚。在醫院中人的眼中的她是完全發狂了。

流產後的她，精神很弱，體溫高至四十一度。松卿來時，醫生禁止他進去，怕她見了他興奮起來，病更加重，由那晚上至第二天十點多鐘，她完全在昏睡狀態中。

十點鐘她醒來了，又哭起來要求看護婦把她的殤兒給她看。過了一會又哭著呼阿根。哭了二十多分鐘，她稍得清醒了。檢她的體溫也低降了些。三十八度半了。醫生

三十四

很喜歡，覺得她的生命有挽回的希望了。

下午三點鐘，醫生再來檢體溫時，聽見病室外有人敲門。看護婦忙走出去看，但一刻就回來低聲的向醫生說了些話。

「不要緊請他進來。病人像在想見他，或者見了他後病容易治些。」

看護婦再出去，不一刻引了一位青年進來。

「啊！阿根！」她想坐起來，幸得看護婦把她按住了，她只叫了他一聲，眼淚又像泉水般的湧出來。

阿根差不多認不出她了，他有點不相信床上的病人就是美瑛，頭髮散亂著披在肩上，一雙緋紅的眼睛，臉色像黃紙般的，雙頰瘦得像穿了兩個窟窿，阿根看見她的怪醜的和不潔的樣子，不相信她還是個生存著的人。

她望著阿根流了一會淚，醫生和看護婦怕他倆有什麼私話要說的，退到外面去。醫生和看護婦出去後，她慢慢的把一切經過告訴了阿根，她說了後又哭起來。

「阿根，是他殺了我的！你要替我報仇！」

「是的。瑛姊！我在A市總希望你輕了身後，把病調治好了，和他離開！我倆就一路回村裡去享清貧的幸福。這是我唯一的希望！沒有你時我就失了我的存在了。」

「你還要保重你的身體！」

「我是不中用了的！」她嘆了口氣。

阿根在病室坐了一會，聽醫生的忠告暫時出去，聽她一個人靜靜的休息。他臨走時對她說到外面吃飯去，一刻就回來伴她。

她等至四點，五點，六點，七點還不見阿根回來。她又開始痛哭了，要求看護婦去請阿根回去。

「我曉得他到哪裡去了呢。一刻就會回來吧。」看護婦這樣的哄她。

到了八點多鐘阿根倉倉皇皇的回到她的病室裡來時，她又在昏睡中了。等到她醒來看見阿根坐在她面前，她就向他慘笑。

「閻王那邊派了人來拉我去呢，你不要再走出去了，要保護我！」她要他坐到床沿上來。他坐上去，她就緊拉著他的手。在這世上，他是她的唯一的親人了。

醫生和看護婦檢得病人的體溫又增至四十度了。他們像預先知道她受病太深，沒有什麼希望，不很來看她了。

三十四

到了九點多鐘，看護婦很驚惶的走到病室裡來問他是不是叫做呂阿根。

「是的，我是呂阿根，有巡捕來找我，是不是？」

「是的，有個西洋偵探帶兩個印度巡捕來找你，要你出去問話。」

阿根站起來想出去。但她抵死的拉住他的手不肯放，她又哭起來了。

「阿根，他們來捉你的，捉你去坐牢的，你去不得！」

阿根翻向看護婦：

「你去對偵探說，有話請進來說。我現在看護著臨死的病人。等病人死了時，我自己會投案的。」

看護婦不明不白的只好出去照他所說的回覆偵探。

不一會，一個西洋人帶了一個翻譯跟著看護婦走進來。

「你們快出去，不准你們到這裡來！誰敢捕他去的，我和那個人拚命！」

偵探看見病人的態度，腳步放輕了些，偵探叫他的翻譯問他：

「你是不是呂阿根？」

「是的！」

「鳳凰臺第三號洋房的楊松卿是不是被你用手槍殺死的？」

「是的！」

她聽到這裡忙坐起來，緋紅的雙眼怒視著那個西洋偵探——專嗅中國人的血的獵犬。

「不是他殺的，是我殺的！我是凶手！你們捉我去就是了！不干他的事！」

她說了後狂哭。阿根把她抱著，叫她睡回去。

「那麼，請你跟我們到警察署裡去。」偵探再叫他的翻譯對阿根說。

「你看不見臨死的人麼，等她死了後我自己會到案的！」阿根流著淚厲聲的說。

翻譯把阿根說的話告訴了偵探，偵探就出去了，叫帶來的兩個印度巡捕守在房門首。

「阿根，我們一造成牢裡去吧。」她流著淚聲音輕微的說。

「你不要替我擔心，你靜一會吧。」他也流著淚說。

三十四

「阿根，我對不住你了！」

「你莫再說這些話了，說了叫人傷心。」

「但是你還沒有……我所希望的，你還沒有給我呢！這個證據——你愛我的證據。該給我看了。」

阿根忙湊近前去和她親吻。

她枕在他的腕上微睡了一會，響十點鐘了。

看護婦忽然又走進來說有客來看病人。

「是誰？」她聲音微弱的問。

「這裡有名片。」看護婦把名片交給阿根。

「阿根，是哪一個？」

「黃廣勛。」阿根照著名片上的字念。

「嘲，廣勛來了，請他進來，阿根，他也是我的仇人，你認得他麼？我還要……」

她說到這裡氣喘喘地說不下去了。

就休息了一會，一個穿西裝的少年進來了。

「啊！廣勛！你來遲了，你的嬰兒不及見你死了呢。」她的眼淚再流個不住。

廣勛看見她靠在一個少年的胸上，有點驚異，看見她的悽慘的病狀，又感著一種悲傷，也流下淚來了。

「阿根，我有件事在未死之前要向你懺悔的。他是我的妹婿。但是我的殤兒是他的兒子！」阿根聽見她的話只凝望著廣勛。

「廣勛，我恕你了，我恕你了。不過你要把我的殤兒和我的遺骨帶回鄉里去！」廣勛只伏在床沿上流淚。

「阿根，別了。我臨死之前，你該表示你對我的愛吧！」

阿根再湊前去和她親吻。他的精神也昏亂了，頭腦像鉛一般的沉重，他聽不見什麼。聽得見的只是外面電車輪的轟轟的音響和海面輪船的汽笛的悲鳴。

他把她的冰冷的身體放下來時，兩個纏紅頭的印度巡捕把他帶出去了。

他走出病院來時什麼都不看見。他的眼前只有「死」和「犧牲」幾個血書的紅字！

電子書購買

國家圖書館出版品預行編目資料

最後的幸福：呆板的公式和空虛的名義，無法解決變幻無窮的愛意 / 張資平著 . -- 第一版 . -- 臺北市：崧燁文化事業有限公司, 2023.08

面；　公分

POD 版

ISBN 978-626-357-536-3(平裝)

857.7　　112011257

最後的幸福：呆板的公式和空虛的名義，無法解決變幻無窮的愛意

臉書

作　　者：張資平

發 行 人：黃振庭

出 版 者：崧燁文化事業有限公司

發 行 者：崧燁文化事業有限公司

E-mail：sonbookservice@gmail.com

粉 絲 頁：https://www.facebook.com/sonbookss/

網　　址：https://sonbook.net/

地　　址：台北市中正區重慶南路一段六十一號八樓 815 室

Rm. 815, 8F., No.61, Sec. 1, Chongqing S. Rd., Zhongzheng Dist., Taipei City 100, Taiwan

電　　話：(02)2370-3310　　　**傳　　真**：(02) 2388-1990

印　　刷：京峯數位服務有限公司

律師顧問：廣華律師事務所 張珮琦律師

定　　價：320 元

發行日期：2023 年 08 月第一版

◎本書以 POD 印製

Design Assets from Freepik.com